길 끝나는 곳에 다시 길이 있음을 믿는 그대에게

길 끝나는 곳에 길이 있다

초판 1쇄 인쇄 2016년 9월 5일
초판 1쇄 발행 2016년 9월 5일

지은이 정찬주
펴낸이 박경미
펴낸곳 도서출판 황금물고기

그림 정윤경
디자인 남상원
제작처 한영문화사

등록일자 2003년 12월 5일
등록번호 제2013-000213호
주소 서울시 마포구 모래내로 83(성산동 한올빌딩 6층)
전화 02-326-3336
팩스 02-325-3339
이메일 okpk@hanmail.net

ISBN 978-89-94154-58-9 03810

자연과 더불어 살며 행복의 뿌리를 찾는 꽃과 구름,
혹은 송곳 같은 산중일기

길 끝나는 곳에 길이 있다

정찬주 지음

이 책의 글들은 내 삶의 길에 찍힌 발자국들이다. 언젠가 사라질 흔적들이다. 나의 상념, 단상, 낭만, 내가 만난 사람들, 그 추억들의 기록이다. 부끄러운 나도 있고 어리석은 나도 있지만 그 역시 지나간 나의 모습이다. 나를 모자이크한 그림과 같다. 사실 '오늘의 나'는 '어제의 나'의 총합일 뿐이다.

그동안 산방山房으로 많은 손님들이 오고갔다. 기억나는 분으로 이해인 수녀님, 임권택 감독님, 법정스님, 박완서 선생님, 홍기삼 선생님, 최인호 소설가, 원각스님, 원산스님, 혜국스님, 수불스님, 정념스님 등등 모두 나에게 생生을 깊이 들여다보게 하신 분들이다. 최인호 선배 작가께서 벽에 걸어주고 간 시계는 아직도 내게 게으르지 말기를 충고하고 있다.

여기저기 무심히 방치해 두었던 글들을 모으니 산중생활 16년 동안 걸어온 흔적들이 조그만 오솔길을 내었구나 하는 느낌이 든다. 더불어 '어제의 나'를 홀대했다는 자책도 다가온다. 자신을 사랑하지 않는 사람은 남도 사랑할 수 없지 않을까? 도산 안창호 선생께서 나도 사랑하고 남도 사랑하라는 애기애타愛己愛他를 당부한 말씀이 떠오른다.

나의 산방 이름은 이불재耳佛齋이다. 상량문에 '솔바람에 귀를 씻어 불佛을 이루리'라고 썼지만 요즘에는 집 이름의 의미를 바꾸고 싶다. 찾아온 손님들에게 차를 우려주고 이야기를 들어주며 사는 것도 나름대로 괜찮은 삶이 아닐까 싶어서다. 세상에 빚진 것을 갚아야 할 나이이기 때문에 그렇게라도 회향하며 살아야 할 것 같아서다.

길이 끝나면 눈에 보이지 않은 길이 또 있다. '길 없는 길'과 같은 동의어이다. 길 끝에 가야만 '눈 속의 눈'으로 또 다른 길을 볼 수 있지 않을까. 인생 공부 몇 십 년, 미흡하나마 스스로 자각한 바가 있다면 길 끝나는 곳에 반드시 다른 길이 시작된다는 것이다.

2016년 8월

정찬주

#1 내가 행복해야 그대가 행복하다

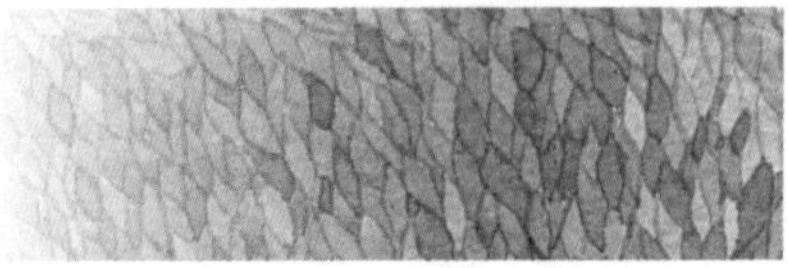

#2

내 곁에 있는 사람이 선지식이다

#3
나를 놓아버릴 때와 나를 들여다볼 때

세상의 모든 생명은 한 뿌리다. 나와 이웃은 한 뿌리의 이파리들이다.
한 이파리가 불행하면 다른 이파리도 불행하게 된다.
이것이 내가 행복해야 할 이유이다.
내 삶이 행복해야 더불어 이웃의 삶도 행복해지기 때문이다.

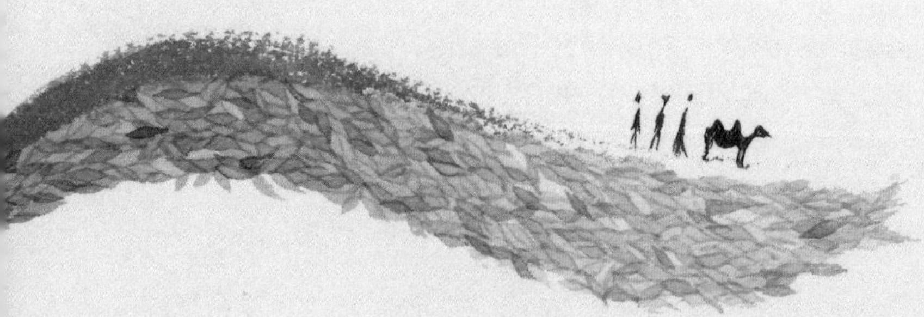

#1
내가 행복해야
그대가 행복하다

내가 행복해야 할 이유

세상의 모든 생명은 한 뿌리다. 나와 이웃은 한 뿌리의 이파리들이다. 한 이파리가 불행하면 다른 이파리도 불행하게 된다. 이것이 내가 행복해야 할 이유이다. 따라서 나에게는 하나밖에 없는 내 생명을 지켜야 할 무한책임이 있다. 내 삶이 행복해야 더불어 이웃의 삶도 행복해지기 때문이다.

나는 세상과 함께 존재하고, 세상은 또 내가 있으므로 존재한다. 내가 없으면 세상도 사라진다. 이것이 내가 세상의 주인공이 되는 이치이다. 따라서 나에게는 하나밖에 없는 나를 주인공으로 살게 하도록 노력할 무한책임이 있다. 내가 주인공으로 살아야만 내 자리와 둘레가 참다워지기 때문이다.

유교의 인□과 불교의 자비와 기독교의 사랑은 똑같은 말이다. 내 마음속에도 인과 자비와 사랑을 나누고 싶어 하는 선의지가 있다. 따라서 나에게는 하나밖에 없는 나를 나답게 하는 선의지를 싹틔워야 할 무한책임이 있다. 모두가 선의지를 펼쳐야만 지구별은 평화와 안락의 땅이 되기 때문이다.

후회

결과가 어찌되든
지금 해보고 후회하는 것이 나은가?
해보지도 않고 후회하는 것이 나은가?
해보고 후회하는 경우 차츰 합리화가 되어
미련이 남지 않는다.
세월이 흐르면 저절로 잊힌다. 그러나
시도조차 해보지 않고 후회하게 되면
두고두고 미련이 남는다.
미련은 나를 앞으로 나아가지 못하게 발목을 잡는
고약한 습성이 있다.

인과응보

인과란

질량불변의 법칙과 동의어로서

누구도 벗어날 수 없다.

갈대는 스스로 넘어지지 않는다

법정스님과 나는 숲속으로 난 오솔길을 걸었다.
멀리서 온 귀한 손님에게만 보여주려고
아껴두었던 길인 것 같았다.
계곡을 내려와 갈대가 무성히 자란 곳을
지날 무렵이었다. 어린 갈대 사이에 마른
갈대들이 삐죽삐죽 서 있는 게 보였다. 그때 내가
질문을 한 것은 딱 한 가지였다.
"스님, 갈대들이 병치레를 하는 것 아닙니까?"
"아니에요. 마른 갈대를 보면 사람보다 더 기특해요."
"왜 그렇습니까?"
"저 마른 갈대는 작년에 자랐던 것들이지요."
"그런데 왜 아직 서 있는 건가요?"
"여린 갈대가 스스로 설 때까지 받침대가 돼주기
위해서라오."
"아, 그렇군요."
"여린 갈대가 더 자라면
마른 갈대는 스스로 넘어지지요."

아, 그렇구나. 자연의 무정설법無情說法이라는 것이

바로 이런 것이로구나.

어떤 길을 걸으며 살아갈 것인가. 어떤 생각으로

살아갈 것인가.

그날의 신선한 감동과 첫 자각으로

지금도 삶의 선명한 이정표로 삼고 살아가고

있다는 것이 얼마나 다행한 일인가.

불쏘시개

화목난로에 불을 붙이는 데
가장 중요한 것은 땔감이 아니라 불쏘시개다.
불쏘시개가 있어야만 장작에 불이 붙는다.
내 하는 일도 누군가의 불쏘시개가
되었으면 하는 바람이다. 내 글 한 줄이
누군가의 인생에 활활 불을 지펴주는
불쏘시개가 되었으면 좋겠다.

아는 것이란 모르는 것

내가 나를 늘 단속해야 하는 이유가 있다.
내가 안다는 것을 압축기에 넣고 스위치를 돌려
가동시킨다면 그 분량은 얼마나 될까?
아마도 내가 봐도 부끄러울 정도로 소량일 것이다.
분명한 사실은 나는 내가 안다고 하는 것에
갇혀 있다는 사실이다. 모르는 것이 훨씬
더 많은 사람이라는 것이다. 그런데도 나는
세상을 다 아는 것처럼 경거망동하지는 않았는지
지금 이 순간 오싹해진다.
내가 모르는 미지의 것에 다가가기 위해서는
더욱더 침묵하고 겸손해져야 할 것 같다.

온전하게 산다는 것

온전하게 산다는 말은 순리대로
산다는 말이다. 자연을 가까이 하면 욕심은
저절로 줄어들게 된다. 내 앞마당에는
다섯 평 정도의 조그만 연못이 있는데,
개구리, 피라미, 미꾸라지와 뱀이 산다.
나는 특히 개구리 식구들을 걱정했지만
뱀은 소식주의자였다. 결코 욕심부리는 일이
없었다. 산비둘기나 꿩도 마찬가지,
결코 콩밭을 망치지 않았던 것이다.
온전하게 산다는 것은 치열하게 개성을
드러낸다는 말이다. 나는 나를 전부 드러내놓아
살고 싶다. 지금 밖에는 매화꽃이 만개해 있다.
지난겨울 한파가 몰아칠 때는 가지가 얼고
부러지더니 때가 되니
제 개성대로 꽃을 피우고 있다. 나도 매화가
그러하듯 누구도 닮지 않은
나만의 꽃을 피우고 싶다.

온전하게 산다는 것은 지금 이 순간을 놓치지 않는다는 말이다. 쟁기질을 하면서 눈앞의 밭을 봐야지 뒤를 보면서 할 수는 없다.
풀잎에 맺힌 이슬을 보면 안다. 풀잎 끝에 맺힌 이슬이 가장 영롱하고 아름답다. 뒤돌아보지 않고 온몸을 던지려 하고 있기 때문이다.
나는 그렇게 살고 싶어 산중에 들어온 것이다.
온전하게 산다는 것은 내가 주인공이 되어 내 정신으로 깨어 있다는 말이다.
돌이켜보면 서울 생활에서는 하루하루 순수하게 내 의지대로 살아본 적이 별로 없다.
맑게 깨어 산 날이 얼마였는지 부끄럽다.
타의이거나 자의반 타의반이 대부분이었다.
내 삶을 살면서도 나는 주인공이 되지 못하고 객이었던 것이다.

귀한 것

적은 것이 귀하다, 너무 당연한 말이다. 말이나 글도
귀해야 한다. 너무 많이 토하면 천해진다.
왜 진작 이 말을 절감하지 못했을까?
물론 적다는 것만이 귀하다는 것의
필요충분조건은 아닐 것이다.
그러나 좋은 말과 글의 홍수 속에 살면서
한번 음미해볼 만하지 않은가!

묵언과 침묵

비난하기 위한 말이나 글은 화살과 같다. 화살은
적을 쓰러트리기 위해서 만든 무기다.
싸움에는 공격과 방어, 그리고 휴전이 있다.
싸울 때는 세 가지 중에서 하나를 선택해야 한다.
그러나 현자들은 세 가지를 뛰어넘는 법을
우리에게 가르쳐주었다. 그 상황을
뛰어넘어버리는 법을 가르쳐주었다.
그것은 침묵이었다. 침묵은
견디는 것이기도 하다.
그러나 그러한 인내가 얼마나 실천하기 어려운
것인지는 새삼 말할 필요가 없을 것이다.
불가佛家에서 하는 묵언은 침묵을 얻기 위한
수행인지 모른다.
묵언과 침묵은 다르다. 묵언은 단순히
말을 하지 않는 것이고, 침묵은 상황에 따라
말을 하지 않는 것이다.

있는 그대로

내 잣대로 상대를 재단하고 있지는 않는지
되돌아볼 일이다. 내 선입견의 잣대가 아니라
상대를 있는 그대로 바라봐야 할 것 같다.
있는 그대로 바라보게 되면 상대가 더 잘 보인다.
이게 바로 정견正見의 지혜로움이 아닐까.

침묵, 즐기다

나는 남의 지식이나 글을 내 것인 양 하는 것을 보면 애써 외면해 버린다. 단적인 예로 SNS에서도 남의 글보다는 자기 이야기를 하는 사람과 번지수가 맞는다는 것을 느낀다. 법정스님이 당신의 책을 더 이상 펴내지 말라고 유언한 의미를 나는 안다. 책의 무용론을 말씀하신 것이 아니라 지식의 노예가 되지 말고 지혜를 스스로 찾아 얻으라는 것이다. 나는 말수가 적은 사람과 통하는 것 같다. 침묵을 즐기는 사람과는 더 가깝게 지내고 싶다. 글과 사진도 마찬가지다. 넘치면 배설에 가깝다. 글은 영혼이나 가슴으로 쓰는 것이라고 오래전 학창시절에 배웠는데 지금은 그 기능이 사람들의 입으로 내려와 버린 것 같아 씁쓸하다. 누군가가 말했다. 침묵하면 입에서 연꽃이 핀다고. 나는 드러내놓고 자기 자랑에 몰두하는

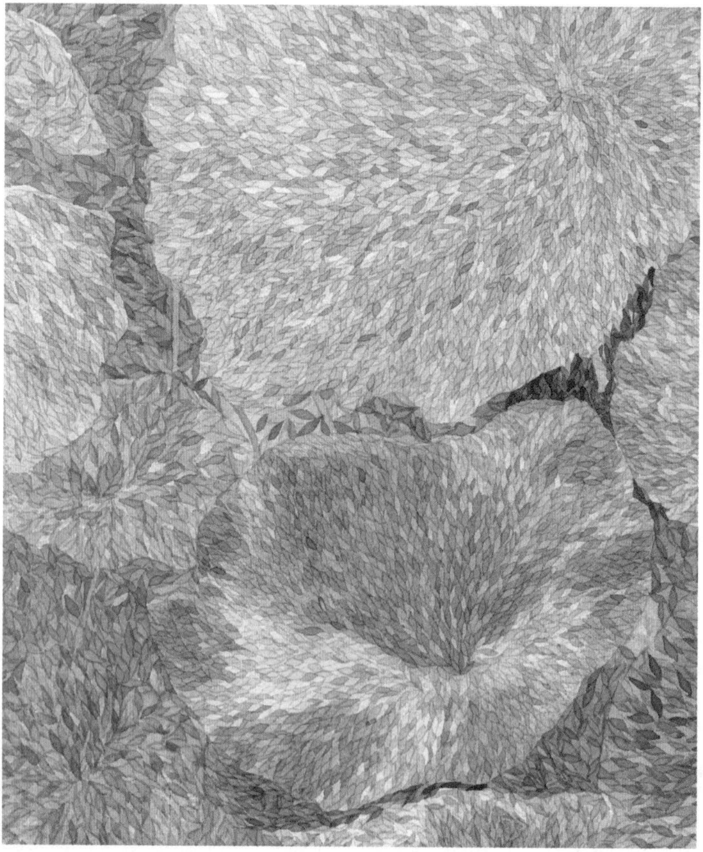

사람을 볼 때마다 민망하기 그지없어진다.
남이 칭찬하는 것도 액면 그대로 받아들여서는
안 되는 법인데, 자기 스스로 자랑질하는 것을
볼 때마다 어디론가 숨고 싶어진다.
속물이 되는 것을 막는 백신은 염치일 텐데
염치없는 것조차 자랑하니 할 말이
없어지는 것이다.

말은 사라지지 않는다

나는 사람들과 얘기할 때 입 밖으로 나온 내 말이
사라지지 않는다고 믿는 사람이다.
말뿐 아니라 생각도 전도체의 전류처럼
어딘가의 수신처로 이동한다고 믿는다.
내 말과 생각이 허공에 떠돌 수도 있겠다 싶을 때도 있다.
이를 직관이라고 할지 과대망상이라고 할지
받아들이는 사람에 따라서 해석은
극명하게 갈릴 것이다.
아무래도 종교적인 나의 신념에서 오는
영향이겠지만 비종교적인 사람은 황당하거나
의아해 할 듯도 싶다.
이런 나의 일방통행적인 믿음은 나를 선善으로
유도하는 데 일정 부분 유용한 것 같다.
한 가지 예만 들자면 상대방이 나의 표정을
보지 못하는 전화통화인데도 나는
함부로 말하지 못한다. 입 밖으로 나온 내 말이
사라지지 않는다고 생각하기 때문이다.

비설거지

비 온 뒤에는 집 안팎을 정리하게 되는데,
이 일을 비설거지라고 한다. 눈을 뜨자마자
이불재와 안사람 도예공방을
한 바퀴 돌아보니 몇 가지 할 일이 보인다.
첫째는 이불재 우물물이 건수가 스며들어
맑지 못하다. 반면에 암반수인 도예공방
물은 비의 영향을 받지 않는다.
나는 이불재 우물의 전원을 끊고 도예공방
우물과 연결해 맑은 물이 공급되도록 조치했다.
이불재와 도예공방의 수도 파이프를
비상시를 위해 서로 연결해 놓았던 것이다.
일에는 최선, 차선, 최악이 있다. 최악의 상황이란
삶에 있어서 일종의 경고라고 생각한다.
이불재 생활이 열여섯 해가 다되어간다. 처음에는
당황했지만 지금은 돌발상황을 즐길 때도 있다.
어떤 상황이 발생하면 내 나름의 매뉴얼을
작동하는 것이다. 우물물의 조치도

그 하나였다.
보슬비가 오락가락한다. 비가 오락가락하는
사이를 잘 활용하는 매뉴얼도 있다.
농작물이나 화초의 모종을 이식하는 데
최적기인 것이다. 늦자란 여주 모종을
옮기고 풀숲에서 고개를 내민 꽃양귀비를
도예공방 꽃밭에 이식했다.
상추와 쑥갓과 아욱은 똑같은 날에 씨를 뿌렸는데,
아욱이 맨 먼저 싹을 틔웠고 그 다음은
쑥갓이었고, 상추는 지금도 시원찮다. 아마도
상추씨는 고온의 영향을 받아서 그랬을 것이다.
설명문에 의하면 내가 사온 상추씨는
30도가 넘어가면 발아를 못한다는데 사실인 것 같다.
이 비가 그치고 나서는 온도가 다소 내려간다는
예보가 있으니 기대를 해봐야겠다.
사람이나 농작물이나 시기가 중요하다는 것은
너무 뻔한 애기지만 백번 강조해도 지나침이 없을 것

같다. 되돌아보면 나도 시기를 놓쳐서 생고생한 일이
적지 않다. 나설 때인지 물러설 때인지
진퇴進退의 시기를 늘 눈 부릅뜨고 판단해야 한다.
선비들은 '진퇴를 아는 것'을 최고의 덕목이라고 했다.

밖에는 눈이 내리고 있는데 두 친구가 찾아와
점심을 먹고 차를 마시고 갔다. 누군가가
우리들을 엿본다면 우리를
신선이라고 하지 않겠느냐며 웃었다.
한 친구는 사업을 하고, 또 한 친구는
대학 교수로서 모두 60대 문턱을 넘어선
고교 동창생들이다. 사업을 하는 친구 부부는
나의 남인도 여행에 동행하게 되었고,
대학에 있는 친구는 《오래된 미래》를 읽고
학생들과 토론하기로 했다고 했다. 그러면서
부탄처럼 행복지수가 높은 나라로 여행할 때는
자기도 동행하겠다고 했다.
이 산중에도 '오래된 미래' 속에서 행복하게 살고
있는 분들이 있다. 나이 드신 농부들인데
나는 그분들이 존경스럽다. 그분들은 자연에
순응하며 농사를 천직으로 삼고 사신다.
농사를 짓는 데 과욕을 부리는 일이 없다.

주어진 땅에서 묵묵히 씨를 뿌리며 알곡을
거둘 뿐이다. 비가 오면 쉬고
겨울이 되면 동면에 들 듯 봄이 올 때까지
방안에서 보내거나 마을 사랑방에서
얘기꽃을 피운다.
그분들이 세상일을 모르는 것이 아니다. 선거 때가
되면 30리 밖의 면소재지로 나가서
투표권을 행사한다. 그러나 그뿐이다.
누가 되고 떨어졌건 휘둘리지 않고
자기 자신의 삶으로
돌아와버린다. 누군가의 생일날에는
사랑방에 모여 막걸리를 한 잔 하고
내년에 쓸 새끼를 꼬거나 장에 나가
생필품을 고른다. 그러고 보면 이 산중 농부들이야말로
지금 이 순간을 가장 잘사는 분들이다.
내가 좋아하는 후배 사진작가한테서 문자가 왔다.
'답답합니다.'

두말할 것도 없이 의욕을 잃고 무력감에 빠져 있음이 분명했다. 그래서 나는 답장했다.

'지금 하고 있는 일에 더 치열하게 살라는 뜻이네.'

바깥세상이 나와 어우러지지 않는다면
내 안만은 내가 원하는 세상으로 만들어야 한다.
지금 이 순간을 잘살아야 한다는 것이다.

왜 땅콩인가

식자우환, 지식이 많으면 그만큼 걱정도
많다는 말이다. 속담에
아는 것이 병이라는 말도 있다.
그렇다면 어떻게 하는 것이 걱정을 줄이는 방법일까?
지식을 비우고 그 자리에 지혜를 채워야 한다.
지식이란 처방전일 뿐
치료약은 아닌 것이다. 반면에 지혜란
남의 지식에 자기 경험이란 옷을 입힌 것이다.
단순한 단어 하나지만 경험하니 그 뜻이
몹시 실감났던 기억이 있다. 밭에 땅콩 농사를
지어본 후에야 왜 땅콩인지를 깨달았다.
땅 속에서 나는 콩이기 때문에
땅콩인 것이었다. 땅콩 농사를 지어보기 전에는
땅콩도 다른 콩과식물처럼
땅 위 줄기에서 수확하는 줄 알았으니
하늘을 나는 새가 웃을 일이었던 것이다.

극언

향나무는 자신을 쪼갠 도끼날에 향내를 묻힌다.
아무리 증오하고 싶더라도 상대에게
침 뱉듯 말하는 것은 삼가야 한다. 비판을 하더라도
그 비판의 정당한 날에 향내가 묻어 있어야 한다.
극언이 난무해서는 안 된다.

엄격

내 자신에게 경고한다. 내 자신에게
엄격해야 한다. 내 질서를 지켜야만
나를 바로 세울 수 있기 때문이다. 남에게
관대하듯 내 자신에게도 너그러워진다면
나는 곧 무너져버릴 것이다.
침묵을 체험하지 않은 이의 이야기에는
귀기울일 필요가 없다. 현학의 유치함과
관념의 오만함을 거를 수 있는 것은
오직 침묵뿐이기 때문이다.
대화 상대로 가장 어려운 사람이란?
자기를 공명정대하다고 착각하는 사람,
자기를 과신하는 사람,
매사를 자기 잣대로 평하는 사람,
상대를 잘 안다면서 자기는 잘 모르는 사람!
이런 사람의 병을 고칠 수 있는 명약은
예나 지금이나 '너 자신을 알라'.
태산목 꽃이 사립문 옆에 피었다. 처음에는

백자 사발 같더니 지금은 꽃잎이 벌어져
마치 학 같은 모습이다. 방문을 나설 때마다
태산목에 학이 몇 마리 앉아 있는 것 같은 느낌이다.
내 눈을 맑혀주는 태산목 꽃이다.
법정스님이 좋아하셨던 태산목이다.

농부 두 사람

나는 가죽나무를 좀더 잘 알고 싶어 농부에게
물어 보았다. 습도에 강하고 좀이 슬지 않는
나무라고 한다.
목수는 목질이 붉고 단단해서 가구재로 쓰이는
고가의 나무라고 한다. 그래도 아쉽다.
그래서 나는 가죽나무가 내 눈에 보일 때까지
기다리기로 했다.
농부는 두 부류가 있다. 입으로 농사짓는 사람과
몸으로 농사짓는 사람이 있다.
입으로 농사짓는 사람은 농업사전처럼
박식하다. 그러나 막상 농사일이
눈앞에 닥치면 일하는 농부를 의지한다.
세상의 모든 직업인도 두 부류가 있다.
당신은 누구를 믿겠는가?

외로움이 힘이다

외로움이 삶의 힘이 되어줄 때가 있다.
모래시계에서 모래가 흘러내리듯 그 외로움이
빠져나가면 빈껍데기가 돼가는 느낌이 든다.
글을 쓸 때도 깊이 외로워져야 추동력이
생긴다. 그렇지 못할 때는 가짜 글이 된다.
내가 나와 외나무다리에서 대면할 때만
진짜 글이 나온다.
외로움이 나를 흔들 때 그 속으로 깊이
들어가 나를 마주하면 도리어 삶의 열정이
우러나기도 한다.

나에게 매를 들다

법정스님의 말씀 중에 잊히지 않는 것이
하나 있다.
'나도 없는데空 하물며 내 것이
어디 있느냐?'는 말씀이다.
심지어 스님께서는 세상 뜨면서
자신의 책을 모두 거두어들이고 더 이상 펴내지 말라고
하셨다. 그런데도 나는 내 책을 낼 때마다
대단한 것인 양 방송에 나가 대담을 하고
인터뷰를 하는 등 떠들었다. 물거품을
붙잡고 허세를 부렸던 셈이다.
나를 자랑하는 그 장면을 복기할 때마다
지금은 속이 오글거린다.
보는 대로 듣는 대로 물 흐르듯 흘려버려야 할
이순耳順의 나이를 지났다지만 실제로는
아직 멀었다. 늘 나를 되돌아보아야 한다.

행운

새벽에 앉아 있는데 아랫절에서 범종 소리가
들려온다. 문득 불가의 스승들을 만난 게
행운이란 생각이 든다.
그렇지 않았다면 함부로
살았을지도 모른다. 아마, 많든 적든 인기가
있는 작가라는 직업에 도취해 그랬을 것이다.
물론 반대로 무척이나 아쉬운 면도 있다.
학창시절에 좋은 역사 스승을
만나지 못한 것이다. 요즘 새벽 독서를 즐기면서
'역사를 모르면 혼이 사라지고, 철학을
모르면 바보가 된다'는 금언을 절감하고 있다.

호주머니 속 송곳

빵을 위해 재주를 파는 이들을
이해하지 못하는 바는 아니다.
내가 그들의 생계를 책임져 줄 수
없기 때문에 할 말은 없다.
그러나 재주란 호주머니 속의 송곳이 뚫고 나오듯
오랫동안 숨겨두었을 때 빛이
더 나는 법이다. 섣불리 꺼내버린 재주는
불에 붙은 삭정이처럼 곧 사라져버리고 만다.
얼마나 허망한 일인가.
드러내는 것보다
숨기는 것이 더 어렵다는 이치를 깨달아야 한다.

이와 혀

노자老子가 스승 상용商容을 문병 갔다. 그때 병석에
누운 채 상용이 입을 크게 벌리며 물었다.
"내 혀가 있는가?"
"스승님, 보입니다."
"내 이는?"
"다 빠지고 하나도 보이지 않습니다."
상용이 다시 물었다.
"이는 다 빠졌으나 혀가 그대로인 이치를 아느냐?"
"강한 것은 쉽게 망가지지만 부드러운 것은
오래도록 남을 수 있는 이치이옵니다."
부드러움이 강한 것을 이긴다는 가르침이다.
그러나 불가에서는 이기고 지는 것을
가르치지 않는다. 이는 혀를 위해 있고
혀는 이를 위해 있을 뿐이다.
혀와 이는 나름대로 절대가치를 갖는다. 그러니
이는 이답게 강해야 하고, 혀는 혀답게
부드러워야 하는 것이다.

고통이란

바다를 건너려면

파도를 두려워해서는 안 된다. 파도를

이겨내야 바다를 건널 수 있는 것이다.

삶의 고통도 마찬가지다. 고통이란

회피할 대상이 아니다.

극복해야 할 대상이다.

나를 다시 가두다

《신동아》에서 나를 인터뷰한 적이 있다. 그때
칼럼니스트 조용헌 씨는 나에게
산중생활에서 얻은 것이 무엇이냐고 물었다. 그래서
나는 첫 번째로 잃어버린 외로움을 되찾았다고 답했다.
그렇다. 나는 산중생활을 하면서
외로움이 얼마나 가치있는 것인지 그 진가를
깨달았다. 이제는 손님들이 찾아와
나에게 외롭지 않느냐고 물으면
나는 '외로움이 힘이다'라고 말한다. 외로움은
농도가 짙을수록 더욱더 나를 나답게 만든다.
무늬만 외로운 것은 순금이 아니라 도금에 가깝다.
그런데 문득 나는 내 외로움의 농도가
묽어지는 것을 느꼈다. 공교롭게도 페이스북을
하면서 독한 보드카 같던 외로움이
맹물이 돼가는 것을 감지했던 것이다.
비록 페이스북 공간이라 하지만 수혈이
불가능한 사유의 후유증인지도 모르겠다.

낯선 거리를 유지하고자 노력했으나
사랑스러운 친분의 날에 살을 베였다. 때로는
과거의 시간이 주체할 수 없을 만큼
역류하기도 했다. 지금 이 순간의 울타리를 수성하기에도
버거운데 환幻처럼 실체가 애매한 안개가
나를 포위했다.
결국 내가 나에게 내린 선고는 자기 자신을 가두는
유배형일 수밖에 없다. 나를 다시 가두지 않고는
심중의 은밀하고도 빛나는 외로움이
부활하지 않을 것 같기 때문이다.
그것과의 동침 말고는 내가 산중에서 살아갈
하등의 이유가 없지 않은가. 그렇다고
고지식하게 기약 없이 나를 유배시키지는
않을 것이다. 나는 나를 다스리는 유일무이한
주인임을 알기에 나는 나에게 어느 때나
해배를 선고할 자유도 있는 것이다.

있는 그대로

삶을 분해하지 말라.
정의하는 순간 당신의 해부실에서 죽는다.
미완의 삶을 그대로 바라보게 하라.
더디더라도 그래야 통찰이 생긴다.
삶을 길들이려 하지 말라.
먹이를 받아먹는 공원 비둘기는 날지 못한다.
함부로 삶을 얘기하는 것도 죄짓는 일임을
알아야 한다.

난로의 연통 청소

내 서재에는 목탄난로가 있는데 그 연통 속을
청소하기가 쉽지 않은 일이다. 나 같은 백면서생은
불가능한 일이다. 작년에 농부를 불러
청소하다가 연통만 볼품사납게
찌그러트리고 말았다. 올해는 할 수 없이
읍내 연통설치 전문가를 불러 청소했다. 연통을
설치한 지 4년 만의 일이었다.
연통을 분해해 보니 검댕이 고체화되어
석탄처럼 연통 속을 가득 채우고 있었다. 검댕을
제거하는 데 그분조차 애를 먹었다.
뜻밖에 과한 수고비를 달라고 했다.
나는 깎지 않고 다 주었다. 육체노동 하는
사람들에게는 절대로 수고비를 깎지 않는다는
내 나름의 원칙을 지켰다.
그가 간 뒤 불을 피워보니 연통 이음새에서
연기가 조금 나는 것 말고는 난로 속의 장작이
신나게 제 몸을 불살랐다. 가열되고 나서

온도계를 보니 거실 전체가 2도나 올랐다. 겨울이
되면 서재에서도 목도리를 하는 습관이 있는데
벗었다. 슬리퍼도 신을 필요가 없어졌다. 서재나
거실에 냉기가 사라지니 안사람이 나보다 더 좋아한다.
연통 속의 검댕을 보니 불가의 업이
생각났다. 업이란 행위를 말하고,
그 행위는 사라지는 것이 아니라
켜켜이 흔적으로 남는다는 것이 불가의 문법이다.
그리고 검댕이 고체화된 것을 보니
업장이 생각났다. 업장이란 업의 집합체인
셈이다. 검댕이 고체화되면 결국 연통을
뜯어야 하듯 잘못된 업을 지우려면
업장이 되기 전에 참회해야 고생이 덜할 것 같다.
내 인생이 원만하지 못하고 자꾸 꼬인다면
내가 그동안 무슨 행동을 했고
내 습관이 무엇인지 살펴봐야 하지 않을까
싶다. 실수나 본의 아닌, 혹은 자의반 타의반의

악행이나 악습이 있었다면, 또 누군가를
미워하고 있다면 대담하게 그것들을
치워야 할 것이다. 그래야 내 인생
주변에 사람들이 모여들고 내 뜻대로 이루어진다.
난로가 인생을 명상케 하는 도구와 같다는
생각이 든다. 악습이나 악행이 인생길을
방해하는 검댕이라면 선행이나 덕은 난로의
공기유입구로 들어가는 신선한 산소와 같고,
난로 속의 장작은 주어진 공간에 온기를 주다가
사라지는 우리 자신과 같고, 연기의 방향을
수시로 바뀌게 하는 예측불허의
겨울바람은 인생을 단련시키고자 덤벼드는
자연의 뜻이 아니겠는가.

나의 전생, 나의 금생, 나의 내생

사람들은 전생과 내생을 얘기하면 자신과 아주 먼 과거이거나, 나와 상관없을 것 같은 미래로 생각한다. 그러나 나는 지금 이 순간이 금생, 1초라도 지나갔으면 전생, 1초라도 다가오지 않았으면 내생이라고 여긴다.
그러니 전생의 내 모습을 궁금해 할 것 없다. 지금의 내 모습을 보면 내 전생을 알 수 있는 것이다. 지금의 내 모습은 전생의 총합이기 때문이다. 미래의 내 모습도 궁금해 할 것 없다. 지금 하고 있는 내 모든 것들의 총합이 미래의 내가 될 테니까. 그러고 보면 말 한 마디, 발걸음 하나, 행동 하나가 두렵지 않을 수 없다. 살면서 헛걸음질만 했다면 지옥에 있는 염라대왕이 신발값을 청구한다고 하니 어찌 두렵지 않겠는가? 거짓된 생각, 상처 주는 말, 진실하지 못한 행동 등을 지금 이 순간 삼가 경계하지 않을 수 없다.

부처님 오신 뜻

나도 부처

너도 부처

깨닫기만 한다면.

이불재 아래 쌍봉사 행사에 헌화하고 올라와

쉬고 있다. 아직도 나는 삼독에 사로잡힌

중생이란 생각이 그림자처럼

나를 붙든다.

'집착하는 나'는 소유 지향적인 관형격의
모습이다. 내 처소, 내 가족, 내 생각,
내 물건, 내 것 등, 내 중심으로 우주와
세상을 좁혀 버리는 맹독에 중독되어 있음을
발견한다.
서울 생활을 청산하고 산중으로 처소를 옮긴 뒤
논밭에 콩을 심고 감자를 캐며 깨달은 것이 하나 있다.
생명이 있건 없건 세상의 모든 것과 한몸이기에
결코 나를 관형격으로 놓고
살아서는 안 된다는 사실이다. 이른바
이것이 있으므로 저것이 있고,
저것이 소멸하므로 이것이 소멸한다는 연기緣起와
상생의 도리를 알게 된 점이다.

지금 여기

지금이라는 시간 속에서 순정하게 살고,
여기서 나누는 삶을 한몸인 듯 더불어 열자.
내일이라는 시간은 미리 손짓하는
헛꽃일 뿐이고, 여기가 아닌 저기라는 공간은
가설무대 같은 것이다.

낯선 길손이 이불재 툇마루에 앉아 있었다. 점잖고
온화해 보이는 노신사 분이었다. 그분을
방으로 불러들여 차 한 잔을 권하자,
아랫절의 암자를 찾아왔는데 내 처소의 풍경소리가
너무 청량하게 들려 올라온 길이라고 하였다.
노신사는 암 선고를 받고 전국의 암자를
순례하고 있다고 털어놓았다. 의사는
6개월밖에 살지 못한다고 했는데,
자신은 지금 6년을 살고 있다고 고백하였다.
노신사는 내가 우려낸 차를 향기롭게 마시며
합장하였다.
차를 한 잔 더 권하며 비로소
나를 소개하였다. 순간 노신사가 깜짝
놀라는 것이었다. 그분 배낭 속에 넣고 다니는
책이 바로 내가 쓴 암자 기행이었기 때문이다.
노신사는 처소를 나서며 나에게 선물을
보내겠다며 무엇을 좋아하느냐고 물었다. 나는

아무것도 필요치 않다고 말했다.
노신사가 돌아간 뒤 나는 자신을 나무랐다.
저 노신사의 생명과 바꾸어가며 읽는 글이
될 줄 알았다면 그때 좀더 정성을 다해 쓸 것을….
노신사가 찾아다닐 수 있는 암자를
한두 군데라도 더 많이 소개할 것을 하고 말이다.
그렇다. 인연을 믿는다면 함부로 말하고
글을 쓸 일이 아니다.
순간순간 정성을 다해 참으로 곡진하게 살 일이다.
지나간 일들이 반드시 메아리로 되돌아오기
때문이다. 인과의 이치는 두렵고 경이롭기만 하다.

오솔길

곰삭은 길에서는 구불구불 오래된
시간의 향기가 난다.
새 길보다 오래된 오솔길이 좋다.
오솔길에는 과거의 사람들과
오늘의 내가 함께 걷고 있다는 느낌이 든다.

우리네 정서의 DNA는 흥과 멋과 정情과 한恨이다.
흥은 음주와 가무에서 나온다. 흥은
신바람과 같다. 노래방이 전국을 뒤덮은 나라는
한국밖에 없다. 이를 보면 싸이의 음악이나
K-POP이 한류가 되고 있는 것은
우연이라고 할 수 없다.
멋은 자신을 더 돋보이게 하려는 꾸밈이다.
조선왕조실록을 보면 임금이 가발과 화장품의
사치를 금하는 명을 내릴 정도로
우리 여인들은 멋내기를 좋아했다. 그러나
나는 유럽 여자나 일본 여자들이 검소하다 하여
우리의 특질을 비난만 할 일은
아니라고 생각한다. 멋도 자기를 사랑하는
한 방법이기 때문이다.
정情은 조건없이 마음을 주는 정서이다. 서구에
없는 우리만의 독특한 마음이다. 조건부로
마음을 주고받는 것이 서구인이다. 그러나

우리에게는 고운 정도 있고 미운 정도 있다.
미운 아이 떡 하나 더 준다는 속담도
있다. 부부가 고와서 살기도 하고
미워서 살기도 하는 것이다.
한恨은 억울하고 슬프지만 참아야 하는 정서이다.
그런데 한에는 역설적인 에너지가
있다. 억울하고 슬프기 때문에
살아남아야 하는 에너지가 생기는 것이다.
그러니 한은 극복의지이기도 하다.
겨울날 밟을수록 강해지는 보리 같은 것이 한이다.
한은 밟힐수록 더 강해지는
생존의 원동력인 것이다.

사막을 건너는 사람들

당송시대에 타클라마칸사막, 고비사막을
건너는 사람들은 두 부류였다. 하나는
장사를 하는 대상들이었고, 또 하나는 구법승들이었다.
돈황은 그들에게 무사귀환을 비는
오아시스였다. 그들의 생각은 달랐지만
공통점은 사막을 건너야만 목적을 이룰 수 있었다.
타클라마칸은 '돌아올 수 없는 땅'이란 뜻이고
고비는 '풀이 자라지 않는 땅'이란

뜻이다. 해골이 이정표였다고 하니
짐작할 만하다. 나는 십수 년 전에 돈황을
두 번 갔었다. 한번은 한중문화 회원들과
함께 갔고, 또 한 번은 돈황에 가서 아예 살았다.
그런데 그들, 대상과 구법승들에게만
사막이 있었던 것은 아니다. 나는 물론이고
우리 모두에게도 각자 목숨 걸고 건너야 할
사막이 있지 않을까 싶은 것이다.

사막을 건너면서 살아남으려면 묵묵히
앞만 보고 걸어야 한다. 신기루를 만나
옆길로 가서는 죽기 마련이다.
되돌아가려는 생각도 버려야 한다. 그저 오직
앞만 보고 걸어야 한다. 지름길, 요행길을
바라면 바로 죽는다. 이러쿵저러쿵 따지는 것은
목숨을 단축하는 길이다.
나의 사막은 무엇인가? 나는 오늘도
사막을 건너고 있다.

이불재는 내가 대충 연필로 설계도를 그리고
목수들에게 맡기어 지은 집이다. 그때 내가
강조한 점은 서재를 가장 크게 하고
반드시 동창東窓을 내어달라는 것이었다. 달을
보는 동창을 내고, 잠자는 공간은 작게,
서재는 크게 짓는 것이 밥 삼아 글을 쓰는
나와 잘 어울리지 않을까 싶어서였다.
나는 다작을 하는 편이다. 낙향한 뒤부터
단 하루도 연재를 놓아본 적이 없다. 그래서
나는 '글농사'라는 말을 즐겨 한다. 천수답의
원고지에 글을 쓴다는 기분이 들지만
그래도 후회해본 적은 없다. 누가 알아주건
그렇지 않건 간에 글을 쓸 때가 가장 행복하기
때문이다.
한때는 산방 아래 다랑이 논밭에서 일하는
농부들의 모습을 보고는 나를 경계하기 위해
내 서재 벽에 화두처럼 호미를 걸어두고

산 일이 있다. 지금 내가 무엇을 하고
있는지 나를 다잡기 위해서였다.
그대는 그대의 방에 무엇을 걸어두고 있는지…,
자신의 인생 앞에 걸어둔 화두는 무엇인지 궁금하다.

불기자심

불기자심不欺自心이란 우리말로 직역하자면
'자기를 속이지 말라'이다. 의역하자면
'자기와 한 약속을 지키며 살라'는 말이다.
입산 출가한 수행자가 아니더라도 우리
같은 보통 사람이 자기와의 선한 약속을
지키며 산다는 것, 이것이야말로
다른 거창한 무엇보다도 자신의 삶을
맑고 향기롭게 하는 일일 것이다.
사람에 따라 자기 자신에게 한 약속의
무게와 크기는 다를 수밖에 없지만 자기와의
약속을 지킨다는 것은 나태나 타성으로부터
자기라는 질서를 흩뜨리지 않고
마침내는 밤하늘의 별처럼 오롯이
자기 자신의 생을 빛나게 하는 일이기 때문이다.

혜암스님이 정진했던 가야산, 오대산, 지리산,
태백산, 영축산 등을 가서 스님의 삶을
거울삼아 내 인생을 반조해보는 틀로 써내려간
산문집이 《공부하다 죽어라》이다.
혜암스님은 승속을 불문하고
늘 '공부하다 죽어라'라고 법문하신 분으로 유명하다.
스님이 수행했던 산중암자를 다니면서
문득 '공부하다 죽어라'가 절 울타리 안의 단순한
법문이 아니라 스님이 우리 같은 보통사람들에게
던진 벼락 같은 화두라는 것을 깨달았다.
이 책 서문에서 그 깨달음에 대하여 나는 이렇게 썼다.

작가인 나는 글을 쓰면서 어느 순간에 내가
사라져버리는 것을 체험하곤 한다. 작품에
등장하는 인물들과 동일화 돼버리는 것이다.
즉 무아가 저절로 이루어져 내가 사라져버리는
것이다. 그렇다고 의식마저 사라지는 것은

아니다. 깨어 있는 의식은 등장인물들과 소통을 하기 때문이다.
선사들이 보았을 때 이것이 낮은 단계 혹은 터무니없는 수행일지는 모르겠지만 어쨌든 나와 일이 하나가 되는, 무아를 체험하는 것만은 분명하다.
나의 이러한 자각은 모든 사람들에게도 해당될 거라고 본다. 학생은 무아를 체험할 정도로 즐겁게 공부해야 하고, 직장인은 조직 속에서 무아를 체험할 정도로 나를 버려야 하고, 우리 사회의 지도자들 역시 무아를 체험할 정도로 희생하고 봉사해야 된다고 여겨진다.
그렇게 본다면 혜암스님이 말씀하신 '공부하다 죽어라'는 직접적으로는 위법망구爲法忘軀, 진리를 구하고자 한다면 몸을 버리라는 의미이겠지만 또 한편으로는 무슨 일을 하고 있든지

지금 자기가 하고 있는 일에
나라는 존재가 사라질 때까지 녹아들라는
의미가 될 수도 있을 것 같다.
내가 자각한 바는 바로 이것이다. 우리가
지금 하는 일에 스님의 '공부하다 죽어라'라는
말씀을 화두 삼아 무아를 체험할 수 있을 정도로
온몸을 다 바친다면 그것이 바로 수행이 아닐까 싶다.
그 일이 자기를 위하고 남을 위한 일이라면
복덕福德까지 쌓는 일이니 얼마나 더없는 수행이고
정진인가!

망설이지 말고 충고하라

초등학교 시절, 어른들 사이에 끼어 얘기를 듣는 중에 이해하지 못한 말이 하나 있었던 것 같다. 충고하면 친구라도 멀어진다는 얘기였다. 학교에서는 잘못된 친구를 바르게 돌려주는 것이 좋은 친구라고 배웠는데 정반대의 도덕적 문법이었다. 그러나 나 역시도 성인이 된 이후로는 충고하기와 침묵하기 사이에서 이따금 갈등한 것도 사실이다. 성인이란 자기 영혼의 잣대가 완성됐다고 착각하고 사는 사람인지도 모른다. 그래서 충고를 받아들이지 못하는 것 같다. 이미 자기 잣대가 완성된 사람에게 있어서 충고는 재고품에 불과한 것이다. 차라리 위선의 가면을 쓰고 충고하지 않는 것이 관계를 악화시키지 않는 방법일 수도 있다. 그런데 과연 그런 처세가 옳다고 할 수 있을까? 옛 수행자들은 세 살 먹은 아기 발 맡에 절하듯 살라고 했다. 미완의 인격이기 때문에 한없이 겸손해지라는 것이다. 겸손이란 난해한 덕목이 아니다. 자기 지식으로 만든 자기 잣대를 버리면 하심下心은 절로 이루어진다. 하심은 실로 바다와 같은 것이다. 자기를 비우고 사는 이들의 마음은 마치 바다와 같아서 무슨 말이든 다 받아들인다.

맹신의 독

7년 동안 남편의 부활을 믿고 사체를 거실에
유기한 여인이 있어 화제가 됐다. 더구나 여인은
학력이 높은 약사다. 고대의 제정일치,
신탁의 시대에나 있을 법하지 않은가?
세 아이들은 아버지가 살아 있다는, 살아날 거라는
믿음으로 집을 나갈 때마다 인사를
해왔다고 한다. 집단최면처럼 이성이 마비돼버린
결과인데 무엇부터 잘못된 것인지, 무엇이
여인을 어리석게 만들었는지 깊이 살펴볼 일이다.
여기서 나는 특정종교의 맹신만을
개탄하는 것이 아니다. 보편적 가치가
있다고 검증된 그 무엇이라도 그것의 노예가
돼버리면 결국에는 바보가 된다는 것이다.
아름다운 이름으로 포장된 맹신의 독이
얼마나 퍼져 있는지 나부터 되돌아볼 일이다.

오는 세월, 가는 세월

세월은 가는 것인가, 오는 것인가.
간다고 하면 아쉽고, 온다고 하면
가슴이 설렌다. 그러나 본래는 오고감이 없으니
집착할 것도 없다.
아쉬우면 아쉬운 대로, 설레면 설레는 대로
느낌을 충만하게 받아들이면 그만이다.

고맙습니다

나는 TV를 거의 보지 않는 편인데, 산중에서
유일하게 안사람과 함께 본 프로가
'나는 가수다'였다.
누가 TV를 '바보상자'라고 악담했는지 나는
동의할 수가 없다. '나는 가수다'와 같은 프로를
보면서 나는 TV도 선지식이라고 믿게 됐다.
그날은 장발의 모 가수가 망가진 성대 때문에
방황할 때 한 선배가 곡을 주면서
강제로 음반을 내게 하여 부활했다는
얘기를 듣고 가슴이 뭉클했다. 좋은 곡으로
가수로서 생명이 다한 후배 한 사람을
살린 것이다. 가수는 무대에서 노래가 끝난 뒤
자신에게 투표할 청중평가단보다는 그 선배에게
'○○형, 고맙습니다' 하고 인사했다.
내가 감동한 것은 바로 그 진심어린 멘트였다.
내 문학인생에 있어서도 한 사람을 살린 적이
있는가? 세상사람들을 향해서

'작가님, 고맙습니다' 하고 말하는 사람이 있는가?
자신을 되돌아보았던 것이다.
물론 내 소설을 읽고 수행자가 된
사람도 있다. 풍요로운 큰절을 나와서 가난한 암자에서
살고 있는 분도 있다. 그러나 그뿐이다.
누군가의 가슴에 자신의 인생지도를 바꿀
정도의 해일이 일게 했는지는 알 수 없는 일이다.
이 세상에 소설가끼리의 경연은 없지만, 그런
경연이 존재할 수도 없지만, 내 안의
묵은 타성과 게릴라 같은 방일과
진검승부를 해서 그것들을 극복해야 할 것 같다.
누군가가 내 소설로 인해
거듭 태어나 '작가님, 고맙습니다'라고 고백할
때까지 누가 알아주건 말건 내 열정과
진심을 눈앞의 제단에 바쳐야 할 성싶다.

그러나 누군가에게 고마운 존재가 될 일이
어디 작곡가나 소설가뿐이겠는가.

우리가 짜증을 내거나 부담스러워할 때는 분명 무엇에 집착하고 있는 순간이다.

이럴 때 문제해결 방식은 아주 간단하다.

집착하고 있는 것을 놓아버리면, 원인을 제거해버리면 상황이 종료되는 것이다.

#2 내 곁에 있는 사람이 선지식이다

몇 해 전이다. 곽재구 시인이 박완서 선생님을
모시고 이불재에 온 적이 있다. 선생님은
내 산방과 서재를 보시고는 빈손으로
왔다며 미안해 하셨다.
차를 마시는 동안 못내 아쉬웠던지 가방에서
책 한 권을 꺼내셨다. 산문집
《꼴찌에게 보내는 갈채》였다. 서명을 한 뒤
쑥스러운 표정으로 내미셨다. 그 순간
나는 선생님의 얼굴에서 소녀의 모습을 훔쳐 보았다.
그러면서 느낀 점은 나도 나이 들어
소녀의 모습을 잃지 말아야겠다는 것이었다.
이분의 창작 열정은 끝없이 갈망하는
소녀의 마음인지도 모르겠다는 생각이
들었던 것이다.
차를 마시면서 선생님이 전라도를
얼마나 사랑하는지를 알았다. 매년 한 번씩
전라도 여행을 하는데 그때마다

곽재구 시인이 안내해준다고 말씀하셨던 것이다.
그러면서 어린 시절에는 개성에서 살았지만
조상은 반남 박씨라고 했다.
반남은 현재 나주 옆에 있는 조그만 면인데
신라 때는 군이었고 고려 때는
현으로 강등된 땅인데, 그곳에 선생님의 조상이 살았다고
한다. 뿌리가 전라도라 그런지 모르겠다는
말씀을 하시는 순간 나는 탐구열이 대단한
선생님의 기질로 보아 본능적으로 해마다
의식처럼 치르는 여행이 아닐까 하는 생각을 했다.
이러한 사실은 곽 시인을 비롯해서 소수의
전라도 출신 작가들만 아는 사실이 아닐까 싶다.
아무튼 선생님은 이런저런 말씀을 두어 시간
하시다가 쌍봉사로 가 주무셨다. 내 산방이
불편하실 것 같아 곽 시인은 이불재에서 자고,
선생님은 쌍봉사 방사로 모셨던 것이다.
다음날, 선생님은 또 이불재로 올라오시어

잠깐 계시다가 오는 길에 무얼 보셨는지
소리나게 웃으시며 호미를 찾았다.
내가 무엇 때문에 호미를 찾느냐고 묻자
대답은 뜻밖이었다. 소녀처럼 말씀하셨다.
"하얀 민들레를 캐가고 싶어요."
영락없는 소녀 같았다. 이불재 하얀 민들레꽃을
캐다가 서울집에 심겠다는 것이었다. 지금도
선생님의 뜰에 이불재 오솔길의 민들레가 자라고
있는지 궁금하다.
평소에는 잊어버리고 살았는데 오늘 왜
이 사연이 떠올랐는지 신기하다. 나이 따라 마음까지
늙어버리는 것을 경계하기 위함일까?
물리적인 나이는 어쩔 수 없다 하더라도
정신만큼은 늘 풋풋하고
젊어 있어야 할 것 같다.
소녀 마음으로 살다 가신
박완서 선생님께 오늘따라 차를 한 잔 올리고 싶다.

초록빛 수도자 ㅡ 이해인 수녀님

난 절대로 머리가 좋은 사람이 아니다. 약속을 겹쳐서 하거나 무얼 잊어먹기 때문에 안사람에게 늘 지적받곤 하는 사람이다. 그런데 어제와 오늘 기적이 일어났다. 무의식 저편의 기억이 나를 놀라게 했다. 이해인 수녀님이 생각나길래 이불재 방명록을 펴보았다. 그런데 이게 웬일인가! 7년 전, 그러니까 2009년 9월 25일에 수녀님이 이불재를 오신 것이다. 사실 나는 어제부터 이해인 수녀님을 문득문득 떠올렸던 것이다. 방명록을 보니 수녀님 글이 이렇게 쓰여 있다.

초록비 내리는 날
초록빛 마음으로
〈이불재〉에서 향기로운 '다향심'을 마시며
평상심, 청정심을 얻어 갑니다.

2009. 9. 25. 이해인 수녀 Cloud가

방명록에는 글 사이사이에 튤립과 하트 모양의
스티커를 붙여 놓았다.
수녀님의 오빠 이인구 선배님은
내가 다녔던 동국대학교 국문과 선배다.
우리나라 카피라이터의 1세대이신 분이다.
대표작으로 '친구는 옛 친구, 맥주는 OB'가 있는데,
이 카피 한 줄로 OB맥주는 전성기를
구가하기도 했다. 서울예술대학 광고창작학과를
정년퇴직하시고 지금은
노년의 인생을 보내고 있는 분이다.
세상은 좁다. 나는 대학 졸업 직후
상명여대부속여고에서 국어교사로 근무한
적이 있었다. 그런데 같은 국어과 교사로
임영무 선생님이 계셨던 바, 바로 그분이
이해인 수녀님이 중학생일 때 시를
지도해주었던 분인 것이다. 훗날 내가 샘터사에
근무할 때에야 나는 수녀님을 가끔

뵈었다. 수녀님이 샘터사에서 《꽃삽》 등
서너 권의 산문집을 내셨던 것이다.
수녀님은 이불재로 오셔서 다른 두 분의 수녀님을
가리키며 자신들은 '암 트리오'라고 소개했다.
그런데 세 분 다 명랑했다. 여고생처럼
아무 것도 아닌 얘기에도 까르르 웃으셨다.
수녀님 말씀 중에 기억에 남은 것이 있다.
"나는 투병이라는 말을 싫어해요. 암과 싸운다는
말이 맘에 안 들어요. 암은 불편한 손님일 뿐이죠."
암은 내쳐야 할 불청객이 아니라
자신을 조금 성가시게 하는 손님일 뿐이라고
말씀하셨는데, 그때 비로소 나는 수녀님이
진짜 수도자임을 느꼈다. 불가에서 흔히
생사를 초월한다고 하는데 바로 그 경지에 가 있었다.

나를 놓아버려라 — 송영방 화백

원로화가 송영방 선생님께서 선물로 준
부채가 있다. 여름이라 해도 나는 바람을 일으켜
부쳐본 적이 없다. 부채에 그려진 그림만
보고 있어도 더위가 가신다.
달밤에 부엉이가 나뭇가지에 앉아 있는
그림인데, 화제는 '방하착放下着'이라고 쓰여 있다.
우리말로 '놓아버려라'라는 뜻이다.
우리가 짜증을 내거나 부담스러워할 때는
분명 무엇에 집착하고 있는 순간이다. 이럴 때
문제해결 방식은 아주 간단하다. 집착하고
있는 것을 놓아버리면, 원인을
제거해버리면 상황이 종료되는 것이다.
한여름 더위를 이겨내려면 더위를 놓아버려야
한다. 어떻게 그럴 수 있느냐고 되묻는 사람이
있을 테지만, 이럴 때 더위를 놓아버리는 것은
지금 하고 있는 일에 몰입하는 것이다. 아무 것에도
몰입하지 않고 있으니까 더운 것이다. 불볕더위를

이겨낼 장사는 이 세상에 아무도
없을 터이지만, 다만 그 상황을 어떻게
대처하고 있는지는 각자의 몫인 것이다.
중국의 동산 선사는 더우면 더위 속으로 들어가라 했다.
정면돌파하라는 얘기다.
우현牛玄 송영방 화백님의 부채를 보며
나는 '방하착'의 삶에 대해 다시 생각해본다.
말 그대로 찜통더위가 기승을 부리는
여름이면 더욱 그렇다.

농부 황씨

내가 사는 산중의 농부 '황씨'와는 참으로
인연이 깊다. 이불재 터를 잡아준 사람도
황씨이고, 내가 외로울 때마다 말벗이 되어준
사람도 황씨이다.
70세가 넘은 황씨는 수줍음이 많은 농부다. 그런데
언어감각이 탁월하여 이분의
오두막 툇마루에 앉으면 1시간이 금세 지나간다.
저작권을 인정해주고 싶을 정도로 그의 말은
개성적이다. 아랫절 스님들이
오가는 것을 보고 나에게 멋들어진 표현을 했다.
스님과 제비는 올 때는 알아도 갈 때는 모른다.
(스님이 절에 처음 올 때는 인사가 있지만
떠날 때는 제비 강남 가듯 말없이 사라져버린다는 것이다.)
그뿐 아니다.
좋은 논에서 난 쌀을 먹고 죽은 사람은
시체도 무겁다.
(벼 수확이 좋은 논을 강조한 말이다.)

연못을 파놓으면 개구리들이 뛰어드는 법이다.

(내가 이불재를 지어 놓고 옆 땅을 사려 했지만

흥정이 이루어지지 않자 기다리라는 뜻으로 말했다.)

바깥주인이 먹었으니 손해 본 것이 아니다.

(밭에 심은 자두나무의 자두를 어치들이 따먹는다고

푸념하자 새나 짐승은 바깥주인이라고 말했다.)

무는 낮에 자라고 배추는 밤에 자란다.

(식물학자들이 인정할 수 있는 말인지 신기할 뿐이다.)

이밖에도 농부 황씨는 나에게 농사 기술을

전수해주곤 했다. 콩을 물론이고

오이씨나 호박씨 심는 방법 등등…. 그런데 요즘은

병환 중이라 정담을 나누지 못하고 있다.

산책을 할 때마다 반드시 그의 오두막 툇마루를

확인하곤 하는데 안 보이는

횟수가 많아진 것이다. 읍내 병원에 갔거나

방안에 있어서다. 쾌유를 빌 뿐이다.

길 없는 길에서 영생을 | 최인호 작가

선생님의 투병 소식을 너무 오랫동안
들었던 탓일 게다. 타계하셨다는 뉴스를 접하고서도
금세 놀라지 않았다. 솔직히
가을바람이 언뜻 불어가는 느낌이었다.
그러나 어느 순간 선생님과의 추억이
문득 솟구쳐 올랐다.
선생님은 나에게 작가로서 방향을 가르쳐준
은인이다. 내가 중앙일보에 연재할 때
내 문장을 보고 중앙일보 문화부장에게
'정찬주가 누구냐?'고 전화했다는 얘기를 듣고
크게 용기를 얻었던 적이 있다.
선생님과 마음의 교유는 그때부터였다. 선생님은
나에게 불교 밖을 기웃거리지 말라고
충고했다. 내 문장과 사고는 불교와 너무
어울린다는 것이 이유였다. 그러고 보니 평생
불교 관련 소재의 글만 써온 것은
선생님의 영감이 작용한 듯도 하다. 고맙고

감사하다. 내생에서는 길 없는 길에 들어서
안락하시길 빈다.

다시 최인호 선생님을 생각하며

이불재에는 곳곳에 최인호 선생님의 흔적이 남아 있다. 거실과 서재의 벽시계는 모두 선생님이 선물한 것이다. 왜 하필이면 시계를 선물했는지 나는 안다. 시계 말고도 서가에 꽂힌 책들에도 선생님이 쓴 발문들이 더러 있다. 그 발문 중에 내가 가장 좋아 하는 문장은 내 장편소설 《산은 산 물은 물》 앞머리를 장식하고 있다. 나에 대한 애정이 뚝뚝 묻어 나오는 것 같다.

"소설가 정찬주 씨는 내게 있어 사형師兄이다. 80년대 말 나는 우연히 불교의 숲을 접할 수가 있었고, 강력한 매력을 느끼고 있었다. 그러나 불교에 관한 기초지식도 없었던 문외한인 나는 심봉사와 같은 장님에 불과했었다. 그런 내게 불교에 대한 문門을 가르쳐준 사람이 바로 정찬주 씨였다. 둘이서 함께 조계사 불교서점에

가서 열대여섯 권의 책을 샀었는데, 그가
골라준 책 한 권이 바로 경허鏡虛의 법어집이었다.
이 법어집을 보는 순간 나는 한 방망이
두들겨 맞은 충격을 느꼈었다. 소설 《길 없는 길》은
바로 이러한 충격 속에서 태어난 내 작품이다.
정찬주라는 공양미 삼백 석이 없었더라면
나는 불교에 눈을 뜰 수 없었던 것이다. 그런
의미에서 정찬주 씨는 내게 있어 문수보살이다.
불교의 지혜를 전하는 문수의 화신이다."

뒷 문장은 나와 내 소설을 알리고 상찬하는
문장이므로 절제한다. 앞에 소개한 부분은
심봉사와 공양미 삼백 석이란 비유를 가지고
써나간 최인호적인 문장의 한 예다.
지금 문득 생각나는 것은 문장 속에서 나를
사형이라고 부르고 있는데, 실제로
선생님이 보내온 발문에는 '스승'이라고 쓰여

있었다. 그래서 나는 전화로 받아들일 수 없다며
설득하여 '사형'으로 낮추었던 것이다.
최인호 선생님은 그런 분이다. 자신이
당당하기 때문에 자신을 높이거나 낮추거나
자재할 수 있었던 것이다.

보살이란 자기 주머니와 자기 울타리가 없는
각자覺者를 말한다. 자기 주머니와 자기 울타리를
걱정하며 사는 보통 사람으로서는
상상할 수 없는 경지의 선지식을 일컫는다.
무아無我를 이룬 걸림 없는 분, 즉 자기를 버리고
남을 위해 사는 자유인인 것이다. 지금
대한민국에 그런 스승이 있는가? 나는 감히
그분을 수불선사라고 믿는다.
나를 늘 지켜보고 있는 수불스님의 출판기념회가
있어 서울에 다녀왔다. 축사를 하기
위해서였다. 깨달음이 있고, 깨달음을 전해줄 수
있는 선사이기에 거절할 수 없었다.
스님은 출판기념회에 모인 1천여 명으로부터
우레와 같은 박수를 받았다. 우렛소리가
이런가 싶었다.
책 제목은 《흔적 없이 나는 새》였다. 한자로
옮기자면 '무영조無影鳥'다. 나는 인연과 인과를

생각하지 않을 수 없었다. 내가 30년 전, 소설이 뭔지도 모르고 펴낸 첫 소설집 제목도 《새들은 허공에 발자국을 남기지 않는다》였기 때문이다. '인과의 화살은 캄캄한 밤에도 과녁을 맞춘다'라는 금언을 절감하지 않을 수 없었다. 모든 이들이 흔적 없이 나는 새, 그림자가 없는 새가 되기를 기도해 본다.

김기철 선생님 회고전을 다녀왔다. 화랑이
서울에 있었으므로 당일치기는 불가능하여
1박2일의 외출이 되었다. 팔순 회고전이니
앞으로 몇 번의 개인전을 더 보랴 싶어
이분의 제자인 안사람과 동행했다.
선생님은 발물레를 사용하지 않고
손으로만 작품을 만드는 분이다. 그러니
복제품이란 없다. 이 세상에 단 하나밖에 없는
작품만 만드는 분인 것이다. 팔순이신데도
열정이 대단하시다. 대작보다는 소품에서
진면목이 드러난 것 같았다.
회고전을 보고 나서 서울집에서 하룻밤을 묵는데
아파트단지 나무들의 단풍이 장관이었다.
때마침 바람 불고 비가 내려 낙엽이 우수수
떨어져 있었다. 아름다운 단풍을 본다는 것은
1년이 지나간다는 의미였다. 누군가는
'나는 저 단풍을 몇 번이나 더 볼 것인가?' 하고

흐르는 세월을 아쉬워하는 사람도
있을 성싶었다. 그러나 대부분의 사람들은
번개처럼 스치는 시간을 잠시 잊고 단풍에 취한
표정들이었다. 사람을 취하게 하는 것은
알코올만이 아니었다.
내가 김기철 선생님을 만난 것은 법정스님의
소개 때문이었다. 법정스님이 처음으로 내게
청탁(?)을 해왔던 것이다. 김기철 선생이
도예가이기는 하지만 글을 잘 쓰는 사람이니
샘터사에서 책을 내줄 수 없느냐는 것이었다.
스님께서 후하게 평가하는 분이니 망설일
이유가 없었다.
이런 사연으로 친분이 생긴 뒤, 나는
곤지암에 있는 선생님 공방으로 안사람과 함께
갔고, 바로 그 자리에서 안사람은 선생님의 문하로
들어갔다. 나는 지금도 안사람이
선생님이 인정하는 도예가의 반열에 올랐다고

믿지는 않는다. 다만, 언제나 흙을 볼 때마다
가슴이 설렌다고 말하는 안사람에게서
어떤 진정성은 느껴진다. 늙어서도 시인은
무지개를 보면 가슴이 설레는
사람이라는 말도 떠오른다.
김기철 선생님이 이번 회고전에 맞추어 수필집을
한 권 냈다. 제목은 《흙장난》이다.
책을 선물받는 순간 법정스님이 생각났다.
법정스님은 사람들에게 휘호를 써주면서
'붓장난'이라고 했던 것이다.

성철스님을 닮은 비구니 — 불필스님

해인사 금강굴에 주석하시는 불필스님의 회고록 《영원에서 영원으로》를 새벽에 조금 읽다가 덮었다. 눈에 찬물을 끼얹은 듯했고, 책을 보내주셨으니 전화로 예를 갖추는 것이 도리일 것 같아서였다. 전화를 드리기 전에 나는 잠깐 스님과의 인연을 회상했다.
스님을 처음 뵌 인연은 제법 오래전으로 거슬러 올라갔다. 내가 성철스님 일대기 《산은 산 물은 물》을 집필하면서 취재차 찾아갔던 때이니 15년이 넘었다. 알다시피 스님은 성철스님의 속가 따님이시다. 스님께서 진솔하게 들려주신 얘기는 고스란히 소설에 반영됐고, 소설이 발간된 이후 나는 스님을 뵈러 갔는데, 그때 스님께서는 다 읽어보셨다며 '상좌도 못한 효도를 했다'고 따뜻하게 격려해주셨다.
스님의 진심이 담긴 그 말씀은 지금도

내 마음에 남아 있다. 대부분의 일간지에서 서평을 호의적으로 다뤄주었지만 내가 생각할 때 최고의 서평은 역시 불필스님의 그 한 말씀이 아닐까 싶다.

나는 금강굴 스님 방으로 전화를 걸었다. 다행히 스님이 받으셨다.

"스님, 책 잘 받았습니다."

"몇 분만 보냈어요."

"그런데 스님, 왜 서명을 하시지 않았어요?"

"책 속의 내 글이 다 서명이라고 생각해서 하지 않았어요."

"외람되지만 한 마디만 드릴까요?"

"글 쓰는 사람 평이라 제일 궁금해요."

"성철 큰스님 100주년을 기념해서 행사들이 많았는데 스님 책의 출간이 화룡점정인 것 같습니다."

"들던 중 최고의 평이네. 책 만들 때 수행 얘기는 한 글자도 고치지 못하게 했어요. 내 법이니까요."

"잘 하셨습니다. 그래야 스님 색깔이 드러나니까요."

"글 쓰는 작가 고충을 알겠어요. 손가락에 굳은살이 박히데요."

"저는 원형탈모가 생긴 적도 있어요."

"난생처음으로 금강굴에서 기자회견을 했는데 기자들에게 삼배를 시켰어요."

"왜요?"

"기자회견도 내 법문이니까요. 법문을 들으려면 삼배를 해야지요."

"스님다우십니다. 동안거 결제하기 전에 우리집 보살과 함께 금강굴로 가 찾아뵙겠습니다."

스님은 안사람을 '내가 참 좋아하는 보살'이라고 말씀하시면서 전화를 끊었다. 하긴 아내는 불필스님이 매일 삼백배를 하라고 시키어 15년 전부터 7년 동안 약속을 지키다가 무릎이 좋지 않아 이후부터는 108배만 하고 있는 무던한 사람이다.

아무튼 나는《영원에서 영원으로》가 스님의 고결한 영혼이라고 단언한다. 근현대사의 여러 고승 대덕들과의 지중한 인연 이야기는 거죽일 뿐이고 골수는 비구니 선객으로서 혹은 성철스님의 제자로서 당당하게 보여주는 스님의 선지禪旨라고 믿는다. 스님의 깨달음이 주는 법향法香이라고 확신한다.

어머니는 누구인가?

나는 어머니와 띠가 같다. 24년 차이가 난다. 그러니까 어머니 나이 24살에 나를 낳았다는 말도 된다. 올해 85세인데 안사람이 서울에서 내려와 합류하기 전까지는 어머니와 산중에서 함께 살았다.

어머니를 모시고 살 때의 일이다. 나는 무슨 큰 신앙심에서가 아니라 나의 질서를 지키기 위해 새벽마다 아랫절로 내려가 스님들 틈에 끼어 새벽예불을 보았다. 그러다 어느 날 나는 아랫절에서 새벽예불 보는 것을 멈추었다. 자나깨나 나를 걱정하고 잘 되기를 바라는, 함께 살고 있는 어머니가 홀연히 관세음보살로 보였던 것이다.

'아, 옆에 계신 어머니가 바로 부처님이구나!'

50살이 넘어 자각했으니 늦어도 많이 늦은 셈이었다.

이와 비슷한 얘기가 중국에도 있다. 당나라 때 양보라는 사람이 있었다. 양보는 혼자

여행을 할 수 있는 나이가 되어
집을 나섰다. 사천성에 살아 있는 부처라고 칭송받는
무제보살이 있다는 소문이 그의 귀에까지
들렸던 것이다. 양보는 집을 떠나 사천성으로 가는
길목에 있는 주막집으로 들어갔다.
수없이 많은 나그네들을 만나본 주막집 노인은
나그네들의 행색만 보고도 그들의 마음을
간파하는 능력이 있었다.
주막집 노인이 양보에게 "어디로 가느냐?"고
물었다. 그러자 양보는 "부처가 되려고
무제보살을 만나러 가는 길이오"라고 대답했다.
이에 주막집 노인이 혀를 차면서 "당장 집으로 돌아가게.
고무신을 거꾸로 신은 채 그대를 반갑게
맞아주는 사람이 바로 부처일세"라고 말했다.
양보는 노인의 말대로 집으로 돌아왔다. 과연,
집으로 돌아와서 "어머니!" 하고 부르니
어머니가 고무신을 거꾸로 신은 채

달려나왔다. 이를 보고 깨달은 양보는 출가하지 않고 거사로 살았는데 뒷사람들에게 '집안에 부처가 있다(불재가중佛在家中)'라는 유명한 말을 남겼다.

아침에도 나는 광주에 홀로 사시는 어머니와 통화했다. 어쩔 수 없이 못할 때도 있지만 나는 날마다 전화로 문안인사를 해왔다. 어쩌다 하지 못할 때는 뭔가 하나를 잊어버린 듯 허전하다. 내 전화를 받지 못하는 어머니는 걱정을 넘어 불안해 한다. 무소의 뿔처럼 홀로 가라고 하지만 어머니와 자식의 관계는 그게 아닌 것 같다. 부모와 자식은 둘인 것 같지만 본질적으로 한몸이다.

돌아가신 선친의 초상화를 거실 불단佛壇 위에 모셨는데, 언제 보아도 그곳이 가장 적합한 위치라는 느낌이 든다. 부처님께 합장한 뒤 우러러보는 곳이 바로 그 자리다. 자애로운 아버지상像이라기보다는 나에게는 인생 스승상이다.

광주에서 중학교를 다녔던 나는 서울에 있는 고등학교로 유학 가기를 희망했다.

그 고등학교들을 얼마나 선망했는지 지금도 그 학교의 모표들을 기억하고 있다. 모표에 새겨진 경기고의 경기, 서울고의 높을 고, 경복고의 복 복 자가 늘 어린 내 가슴을 설레게 했던 것이다.

그러나 나는 서울로 갔지만 내 의지와 상관없이 우여곡절 끝에 광주로 내려오고 말았다. 뜻밖에 재수를 하게 됐다. 말할 수 없는 실망감에 가출까지 시도했다. 현대시를 베낀 노트 한 권을 달랑 들고 어느 도시로 탈출했다가 아버지 손에 이끌려 집으로 돌아왔다. 집으로 돌아온 나는 절망감이 극에 달해 있었다.
아버지는 내게 새옷을 주면서 입고 있던 옷을 벗게 한 뒤 한마디했다.
"어제 입었던 옷을 벗고 새옷을 입었으니 이제 너는 어제의 니가 아니다."
잠시 후에는 내게 성냥을 주면서 다시 말했다.
"벗은 옷을 마당가에서 태워버려라."
아버지가 시키는 대로 하니 이상하게도 두려웠던 마음이 사라지고 거듭 태어나는 기분이 들었다. 옷 하나로 내 인생은 기원전과 기원후가 된 것 같았다. 이후, 나는 방황을 멈추고 재수에 충실할 수 있었다. 집과 도서관만 왔다갔다 하였다.
나에게는 세 분의 스승이 있다. 아버지가 인생의 스승이라면 법정스님은 불가佛家의 스승이고, 홍기삼 전 동국대 총장님은 문학의 스승이시다. 법정스님은 내게 세상에 살되 물들지 말라는 뜻으로 무염無染이란 법명을 주셨고, 문학평론가인 홍기삼 총장님은 내게 고결함을 잃지 않는 작가정신을 길러주신 분이다.
아버지가 내게 한 유언은 뜻밖에도 손님접대를 잘하라는 당부였다. 한자로 접빈객接賓客을 쓰시어 마지막 당부를 하셨던 것이다. 나의 가풍은 '오는 손님 막지 않고 가는 손님 잡지 않는다'인데 운좋게도 아버지의 유언과 상통한 것 같아 천만다행이라는 생각이 든다. 아버지는 돌아가시면서도 인생 스승의 역할을 다하셨던 것 같다.

우리의 인생학교, 가족

우리 가족은 한때 솥이 동서남북에서 끓은 적이 있다.

나는 이불재, 안사람은 서울, 큰아이는 미국

로드아일랜드, 작은아이는 영국 런던 등에서

각자의 시간을 보냈던 것이다.

모처럼 한자리에 모였다.

가족은 나에게 많은 것을 깨우쳐주었다. 가족은

수업료를 지불하지 않는

인생학교 같다는 느낌이다.

내 인생의 징검다리가 돼 주신 분들 중에는
당연히 아동문학가 정채봉 형님도 빠질 수 없다.
대학시절부터 직장생활까지 동고동락했으므로
애증의 감정들이 기억 속에 화석화돼 있지만,
그래도 잊을 수 없고 잊어서도 안 되는
선배가 정채봉 형님이다.
현재 최고의 동화작가 중에 한 명으로
평가받고 있는데, 나는 우리나라 동화를
질적인 면에서 개화시킨 강소천의 동화정신을
이은 분으로 정채봉 형님을 꼽는 데
주저하지 않는다. 동심이 세상을 구원한다는
동화정신을 충실하게 견지한 분인 것이다.
형님의 동화가 처음부터 세상 사람들에게
각광받은 것은 아니었다. 대학시절 동아일보
신춘문예에 〈꽃다발〉로 당선됐는데, 이후 생활고
때문에 직장을 전전하지 않을 수 없었다.
대학생이었던 나는 형님의 이삿짐을 몇 번

날랐으므로 그 남루함을 굳이 얘기하지 않아도 짐작할 수 있었다.

형님의 가족사는 늘 슬픔이 한 자락 깔려 있었다. 강제징용당한 아버지는 일본으로 갔으나 소식이 끊어졌고, 어머니마저 일찍 돌아가시어 어린 시절부터 할머니 손에 자랐고, 고등학교 때는 순천으로 나와 친척집에서 눈칫밥을 먹으면서 학업을 이었다. 그러니 할머니는 형님의 절대적이고 자비로운 신이었다. 형님이 돌아가신 할머니를 얼마나 그리워했는지 어느 날 나에게 "이럴 줄 알았으면 할머니 머리카락 한 줌 잘라 놓을 걸 후회스럽다"고 한 말이 떠오른다.

형님이 생활고로부터 벗어난 것은 샘터사로 직장을 옮기고 난 뒤부터였다. 샘터사 편집장이 되더니 나까지 차장의 직함을 주면서 불렀다. 함께 일하게 되면서 나는

형님의 작품을 남보다 먼저 읽는 독자가
되기도 했다.
호주머니 속의 송곳은 언젠가 밖으로
나온다는 '모수자천'이란 고사가 있다. 형님의
동화는 현대문학에 연재되었던《초승달과 밤배》에서
정점을 찍었다. 김승옥, 이청준 등의 소설가들이
정채봉의 동화를 부러워하는 기현상이
벌어졌다. 동화작가의 위상을 한껏 높였다.
그러더니《오세암》으로는 동화를 쓰려고 하는
모든 지망생들을 울렸다. 이후부터는
수많은 독자들에게 사랑받는 작가가 되었다.
불행하게도 형님은 하늘이 빨리 불렀다.
샘터사 주간이 되었을 때 암이 발견되어 투병생활을
했다. 다행히 암은 더 이상 전이되지 않고
멈추었다. 담당의사는 정상적으로 활동해도
괜찮다고 허락했다. 그러나 나는 불길한 어떤
예감이 들어 진심으로 고언했다.

샘터사에 연연하지 말고
고향 순천으로 내려가 정말 쓰고 싶은
고향 이야기를 동화로 쓰시는 게 좋겠다고
권유했던 것이다.
결국 형님은 담담의사의 소견과 달리
한참을 더 샘터사에서 일하신 뒤 운명했다.
그 한참이란 시간은 50대 중반밖에 안되었으니
허망하고 부질없는 것이었다. 나는 장례식장에서야
문득 정채봉 형님의 '삶에 대한 태도'를
이해했다. 형님이 소속감을 중요시할 수밖에
없는 마음을 이해했다. 의지할 데 없이
홀로 자수성가한 형님으로서는 삶의 동아줄
하나가 있어야만 비로소 안심이 되었던
것이다. 직장은 세상과 자신을 잇는
동아줄이었던 것이다.
세월이 흘러 2010년에 여수MBC에서
'정채봉 문학상'을 제정했다. 형님이 2001년 1월에

돌아가셨으니 10년 만의 일인데,

순천시에서는 순천만 갈대밭에 '정채봉 기념관'도 초가로

지었다. 1회에 이어 지금까지 문학상 심사를

맡고 있는데, 형님의 문학정신과

동화정신을 잇고 있는 작품들을 심사하는 것이

형님에 대한 내 나름의 보은이란

생각도 염치없이 스친다.

나를 포함하여 후배들 부부 다섯 쌍이
3박 4일 동안 제주도를 여행했다. 다들 바쁜
후배들이었으므로 삶의 쉼표를 천신만고 끝에
만들어 재충전했다는 표현이 더욱 적절할 것이다.
많은 얘기를 나눈 시간들이 뜻깊었다. 이제
내생에 만나더라도 '어디서 봤지?' 하는
일은 없을 것 같다.
여행 기간 동안 이왈종 화백을 만나고
이왈종미술관을 들렀던 것도 잊지 못할 것 같다.
이 화백님과 나의 인연은 퍽 지중하다. 내가
샘터사에 다닐 때 이 화백님이 삽화를 그리곤
했고, 나는 화백님의 자택이 있는 삼청동으로
찾아가 정담을 나누었던 것이다. 그런데
어느 날 교수직을 던져버리고
제주도로 유배 가듯 내려가시는 것을 보고
나도 내 삶을 돌아보는 계기로 삼지 않을 수
없었던 것이다.

아무튼 이 화백님이 제주생활 20년 동안 일구어낸 눈부신 성과를 보니 놀랍기만 하다. 누가 뭐래도 작가는 특히 인생의 후반생을 잘살아야 한다! 4월의 꽃이 피고 지듯 혼신의 힘을 다해 자신을 송두리째 던져야 한다.

성철스님 : 석가모니부처님의 가르침이 틀렸다고 생각되면 언제든 입고 있는 장삼을 벗어버리겠다.(나는 의심(생각)한다. 고로 존재한다.)

법정스님 : 아무리 훌륭한 석가모니부처님이라도 한 분으로 족하다. 나는 나일 뿐 나다워야 한다.(천상천하 유아독존)

눈 내리던 날의 산방손님 | 임권택 영화감독

장흥에 사시는 한승원 선생님의 문학학교
개관식이 있었던 2008년 12월 5일이었다.
나는 아침에 장흥에 갔다가 눈발이 세차게 날려
서둘러 산방으로 돌아오고 말았는데, 1시간쯤 후
임권택 감독께서 내 산방을 방문하였다.
지금 가만히 복기해보니 중앙대 김선두 화백이
자신의 승용차로 임 감독님을 모시고 왔던
것으로 기억된다. 나와 구면인 김선두 화백이
내 산방을 보고 싶어했던 바, 임 감독께서
동행했던 것 같다.
밖에는 눈이 내려 설국으로 바뀌어 있었다. 연못
주변이 흑백영화처럼 모노톤으로
변해 있었다. 그때 임 감독께서는 현관 밖 설경을
뚫어지게 바라보고 있었는데, 영화 속의
어떤 한 컷을 구상했을지도 모른다.
임 감독의 체격은 권투선수로 치자면
미들급 정도였는데, 눈빛까지 그 정도의 흡입력과

무게감으로 느껴졌던 게 생각난다. 차를 마시는
사람들 중에 눈빛이 가장 강렬하고 진지했다. 마치
연속 작동하고 있는 카메라의 렌즈 같았다.
한국 영화감독을 대표하는 거장다운
아우라가 있었다.
나는 초등학교와 중학교 때까지는 영화를
아주 좋아했던 이른바 광팬이었다. 고등학교
시절에는 한때 영화감독을 꿈꾸기까지 했다.
영화를 얼마나 좋아했는지 초등학교와 중학교 때
영화관에 들어가면 두 번을 본 뒤에야
나올 때가 많았다. 그뿐 아니었다. 집에 와서는
밤에 꿈을 꾸면서 낮에 본 영화를
또 봤다. 꿈속 영화에서는 내가
주인공과 함께 엮어져 있었다.
이런 성격도 유전인가? 집에 시어터를 설치해줄
정도로 큰딸이 영화를 좋아해서
안사람의 속을 태운 일도 있다. 수능시험 전날에도

큰딸은 시어터 앞에 앉아 영화를 봤던 것이다.
딸은 미대를 진학한 뒤에도 연극영화과 강의를 들었는데, 임권택 감독의 강의가 가장 인상적이었다고 나에게 자랑한 적이 있다.
나는 임권택 감독의 방문을 영광스럽게 생각했지만, 사실은 임 감독의 영화를 본 것은 딱 한 편뿐이었다. 법정스님과 함께 본 〈서편제〉가 그것이다. 스님과 종로 3가에 있는 단성사로 가서 조조프로를 보았던 것이다.
법정스님은 영화가 시작된 지 10분쯤 후부터 눈물을 보이셨다. 영화가 끝날 때까지 손수건으로 눈을 훔치셨다. 나는 이 일화를 《소설 무소유》에 스님께서 속가 누이동생이 생각나 그러셨을 것이라고 묘사한 바 있다.

초로의 나이가 된 사내는 소처럼 눈이 크다.
말할 때마다 소처럼 큰 눈을 끔벅거리는데
마치 순한 소를 보는 느낌이다. 내가 사내를
처음 만난 때는 수년 전 광주 원각사에서
작가와의 대화 시간이었다. 대화를 갖기 전에
주최 측 요청으로 40여 분 강연을 했는데
사내는 그때 마음이 움직여 제자가
되기로 한 사람이다.
나중에 내 강연 중 어느 부분에서 마음이
움직이더냐고 묻자 대답은 좀 싱거웠다. 하긴
나는 강연전문가가 아니기 때문에 내용은
보잘것없었을 터이다. 아무튼 사내의 얘기를
그대로 믿기로 하고 한부분만 소개해보겠다.
"절에 가면 두 개의 기둥으로 된 일주문이
있다. 그 일주문을 지나야 절의 진면목이라
할 수 있는 법당이 나온다. 우리네 각자의 인생도
이와 같이 두 개의 기둥으로 된 일주문이

있다. 내 경우는 문학과 불교라는 두 개의
기둥으로 된 일주문이 있다. 여러분은
어떤 인생 일주문이 있는가?"
사내는 이 부분에서 '나에게 두 개의 기둥은
무엇인가? 과연 있기는 한 것인가?' 하고
자문해 보았다고 한다. 내가 그를 무한 신뢰하게 된
이유는 방금 이야기한 것이 다는 아니다.
사내는 새벽에 신문배달을 수년간 했다고 한다.
그리하여 그 수입은 복지단체에
기부해 왔다. 신문배달을 더 지속하지
못한 것은 얼굴이 알려져 버렸기 때문이었다.
복지단체를 돕고 싶은데 월급은 가족생활비를
생각해서 쪼갤 수는 없었고 궁여지책으로
실천한 것이 신문배달이었다고 한다. 립 서비스가
만개한, 약속만 남발하는 세상에
과연 사내와 같은 사람이 몇이나 될까?
추석 밑이라 사내가 또 배 한 상자를 들고

내 산방에까지 찾아왔다. 오늘은 내가
저녁을 먹고 가라고 붙들었다.
그를 보내고 나서 밤하늘을 보니 달은
한가위 보름달로 치닫고 있다. 내 마음 속에서는
이미 보름달이다. 사내의 이름은
이종만, 나주 출신이다.

오스트리아 빈에서 오신 분의 이름은 권숙녀.
권 여사님이 쌍봉사에서 하룻밤을 묵고
아침에 이불재로 다시 올라와 안사람과 더불어
차담을 나누었다. 이분의 얘기를 듣는 동안
나는 몇 번이나 놀랐다. 클래식 뮤직 매니지먼트를
하기 위해 음악을 따로 공부했느냐고 묻자
'아니오'라고 답했다. 음악 공부를 하지 않았던
것이 오히려 음악기획을 하는 데
도움이 됐다는 얘기를 듣고 놀라지 않을 수 없었다.
한국 사회라면 어떨까라는 생각을 하지 않을 수
없었다. '간판'을 먼저 묻고 응답하는데
오스트리아에서는 그렇지 않은 모양이었다.
뮤직 매니지먼트가 음악을 얼마나
사랑하는지, 그것이 바로 모든 조건에
우선하는 신뢰의 척도가 되는 듯했다.
이분이 경영하는 회사에서 1년 동안 치르는
오케스트라 공연이 약 100회라고 하니

3일 건너 1번씩 공연하는 셈이었다.
이미 4년 뒤까지의 스케줄이 다 정해져 있다고 하니
이것도 역시 나를 놀라게 했다.
오스트리아 빈에서도 '빈 무직 페라인 골든홀'에서
공연하는 것이 세계적인 오케스트라나 솔리스트들의
꿈이라고 한다. 그런데 이분의 회사에서
'빈 무직 페라인 골든홀' 공연이 1년에 평균 50회
정도라고 하니 그 관록이 대단하다는 생각이 들었다.
앞으로는 음악뿐만 아니라 미술 등의
예술 분야의 전시까지 넓혀보려고 한다는
반가운 얘기도 들었다.

유럽 사람들에게는 정이 없다고도 말했다.
우정 같은 것도 우리와 질이 다르다고
얘기했다. 그래서 우리만이 갖는 정 같은
정서로 오스트리아와 한국을 잇는 방법이 없을까
하고 고민하다가 오스트리아에 사는 노인들에게

'빈 무직 페라인 골든홀' 공연을 무료로 초대하는 행사를
가졌는데 대성공을 거두었다는 경험담도
들려주었다. 버스로 8시간 이상 걸리는 알프스
지방만 제외하고 오스트리아 7개주에서
1800여 명의 노인을 초대하여 공연을
무료로 감상케 했다는 것이다. 노인에 대한
공경심과 정이 없다면 기획할 수 없는
공연으로, 결과적인 얘기지만 그 나라의
사회당, 보수당의 원로들과 대통령의 마음을
움직여 이제는 친구가 됐다고 한다.
나는 한국인, 그것도 여성들의 활약에
경의를 표하지 않을 수 없었다. 파독간호사로
건너가 오스트리아의 일급 뮤직 매니지먼트가 된
권 여사님. 표현은 안 했지만 이분이
쌍봉사에 머무는 동안 최상의 예우를 해주고 싶다는
생각이 절로 솟구쳤다. 더구나 이분은 가톨릭
신자인데도 불구하고 절에 머무는 동안에는

모든 잡념이 사라져 좋다고 하며,
절이 자신에게 맞는 옷이라고 말했다. 또한
수년 전부터 입국 때마다 공항 구내서점에서
내 산문집과 소설책들을 읽고 감동했다고 하니
인연의 소중함을 생각해 보지 않을 수 없었다.
이분은 나를 만나 꿈인 듯 행복하고
영광스럽다고 했지만 사실은 내가 그랬다.

빈에서 국제전화가 왔다. 클래식 뮤직 매니지먼트
권숙녀 여사님이다. 작곡가 헤르바르트 빌리 씨가
나를 하루라도 빨리 보고 싶어한다는
것이다. 빌리 씨의 나이는 50대 후반이다.
전번에 전화가 왔을 때는 내가 내년에
오스트리아로 간다고 했더니 빌리 씨가
어떻게 내년까지 기다리겠느냐고
나를 납치라도 해서 데려 오라고 했다는
전언을 들었다. 남녀 사이도 아닌데
열정과 순수가 느껴져 거부감은 들지 않았었다.
천재에게는 아이 같은 순수성이 있다는
것도 이해가 됐다.
음악 공부를 한 적이 없는데 세계적인 작곡가가
됐다는 것은 천재라는 방증이다. 오스트리아
정부에서도 모차르트가 미완성으로 남긴
오페라를 그에게 완성하도록 의뢰했다
하고, 빈의 일부 평론가들은 그를

'모차르트 후신'이라고 부른다고 하니 그의 천재성은 의심할 여지가 없는 것 같다.
이번의 전화에서는 빌리 씨가 왜 나를 만나고 싶어하는지 단초를 발견한 느낌이다.
빌리 씨는 뼛속 깊이 기독교문화에 젖어 산 유럽인 작곡가이다. 그런데도 그는 전생을 믿는다고 한다. 일본 음악계 초청으로 동경에 들렀다가 잠깐 시간을 내어 한국에 온 적이 있는데, 해인사에서 하룻밤 묵었다고 한다. 법당 벽에 그려진 벽화를 보고 발걸음을 떼지 못했으며 현미녹차도 그때부터 좋아하게 됐다고 한다. 한국을 떠날 때는 인천공항 가는 길에 정情을 주제로 악상을 구상했으며 나는 전생에 한국인이었을 거라고 고백했다고 한다.
빌리 씨는 내 작품을 영어나 독일어로 번역해 달라고 부탁했다는데 음악의 문외한이지만

나 역시 빌리 씨 내면의 정신세계를 몹시
들여다보고 싶다. 만난다면 알프스에 산다는
그를 찾아가 1주일 정도 밤낮으로
현미녹차를 마시며 동서양의 정신과 문화에 대해서
얘기를 나누고 싶다. 나와 빌리 씨가
지금 가지고 있는 생각과 인생관과 취향,
꿈 등에 대해서 어떤 공감대가 있는지 살펴보고
싶다. 성인이나 철학자를 들먹일 것 없이
나는 내 자신에 대해서만 얘기하고 빌리 씨
역시 자기 자신 얘기만 하면 되니까 말이다.

정념스님은 수행자들 중에서도 나와 특별한 선연善緣이 있는 스님이다. 스님을 처음 뵌 때가 벌써 20년 전이다. 백담사 개울가에 진달래꽃이 만발한 5월이었다. 그러나 스님이 기도하고 계시는 봉정암은 아직도 겨울이었다.

봉정암에 오르자 스님은 두툼한 승복에 털목도리를 두르고 있었다. 설악산 안에 함께 있지만 백담사에서 봉정암까지 봄이 오르는 기간은 50일이라고 했다.

스님이 그때 내게 한 말씀이 잊히지 않는다.

"봉정암 법당 안 기온이 영하 20도까지 떨어지는 긴 겨울 끝에 생명의 화신같이, 봄의 전령사처럼 찾아온 분입니다."

처음 본 스님께서 나를 단번에 알아보셨다. 봉정암 까마귀들이 헌식한 보은으로 귀한 손님이 오는 날에는 예고해주곤 했는데, 아침부터 까마귀들이 까악까악 울어대므로 나를 기다리고 계셨다는 것이었다.
이후 스님은 낙산사 주지로 가셨다. 주지로 부임하자마자 화재가 났다. 나는 낙산사로 달려갔다. 불에 타다만 소나무들은 혼이 나가버린 모습이었다. 낙락장송들이 무표정하게 멍하니 서 있었다. 안타깝게도 불에 그슬린 소나무들은 베어내야 한다고 했다. 그런데도 스님은 낙심하지 않고 김홍도가 그린 낙산사 그림을 참고해서 복원을 궁리하고 있었다. 스님은 불타다만 소나무들을 내가 사는 아내의 도예공방으로 보내주시기도 했다. 안사람은 낙산사 소나무를 장작으로 만들어 몇 년을 말려 가마에 넣었다. 낙산사 소나무가 도자기로 환생해 나왔다. 스님은 낙산사는 물론 홍련암까지 김홍도의 그림대로 복원했다. 당시의 아담하고 고요한 그림을 참고해서 더 아름답게 디자인한 것이다. 낙산사는 수행자의

공간이기도 하지만 스님의 식견과 안목으로
일반인들에게 우리의 전통을 알리는 미술관이
됐다. 아내는 낙산사 소나무가 환생한 듯한 연꽃항아리
한 점을 들고 홍련암으로 찾아가 불단에 올렸다.
스님은 서울에 있는 흥천사 주지로 오셨다. 나는
장편소설 《천강에 비친 달》을 쓰면서 흥천사를
배경으로 삼았다. 흥천사에 계시던 신미대사가 세종의
명을 받아 한글을 창제한 곳으로 추정했기 때문이었다.
태조 이성계의 원찰이자, 세종이 어머니
원경왕후를 추복했던 곳이 흥천사였으므로
개연성이 컸다. 태조 곁에 무학대사가 있었다면
세종 곁에 신미대사가 있었던 것이다.
흥천사는 역사의 옷을 입혀 과거와 현재가 공존하는
절로 바뀌어가고 있다. 도심 속의 지붕 없는 미술관으로
디자인해가고 있으니 정념스님의 공덕이 아닐 수 없다.

1980년에 대학을 갓 졸업하고 교사로
간 곳이 상명여대부속여고였다. 나는
부임하자마자 1학년 국어교사로서
1학년 2반 담임을 맡았다. 그때 내가 가르쳤던
제자들은 대부분 나와 띠가 같았다. 용띠로서
12년의 나이 차이가 났다.
오늘 두 제자가 이불재를 찾아왔다. 한 제자는
남편과 함께 유럽으로 유학 갔다가 돌아와
남편은 현재 대학교수이고 자신은 틈틈이
영어강의를 하며 가족 뒷바라지를
하고 있다고 한다. 또 한 제자는 권사로서
기독교 신앙생활을 하고 있으며 남편은 육군
소장이 되어 전방 모 부대의 사단장이라고 한다.
학창시절에 두 제자 모두 문학에 재주를 보였던
것으로 기억된다. 오늘 얘기를 듣고 보니
신앙생활을 하는 제자는 중앙일간지 신춘문예
소설부문에 응모하여 본선에 오른 적이 있다고 한다.

사춘기 소녀였던 제자들이 지금 보니 한 가정을 책임지는 기둥이 돼 있다. 나는, 아직도 선생님이라고 따르는 제자들을 위해 장흥의 수문포 바다를 구경시켜주었고, 제자들을 그곳의 식당으로 안내했다. 내일모레가 50인 제자들은 소녀처럼 까르르 웃으며 참으로 행복해 했다. 덩달아 나도 행복해졌다.
유쾌한 시간을 보내면서 문득 중학교 때 빌려 읽은 톨스토이《인생독본》의 한 문장이 생각나 제자들에게 얘기해 주었다.
이 세상에서 가장 소중한 시간은 지금 이 순간이며,
이 세상에서 가장 소중한 사람은 지금 이 순간에 만나는 사람이며,
이 세상에서 가장 소중한 일은 지금 이 순간에 만나는 사람에게 기쁨과 사랑을 주는 일이다.
두 제자와 나, 그리고 안사람은 대문호이자 러시아 정교 신자였던 톨스토이의 말에 모두

공감했다. 우리가 보내고 있는 유쾌한 시간은 톨스토이의 금언을 증명하고 있는 시간이기도 했다. 강물에 햇살이 떨어져 반짝이듯 하루가 밝은 것들로 눈부시게 지나가고 있다. 별들이 유난히 또록또록 빛나는 가을의 밤이다.

미국에 간화선을 심다 ㅣ 수불스님

미국을 방문한 수불스님이 오셨다기에
상경했다. 한국의 간화선을 미국에 씨앗 뿌렸다는
의미가 있겠기에 나름 궁금하였던 것이다.
스님은 유엔본부를 방문하여 반기문 사무총장과
환담하는 일부터 스케줄에 따라
움직이셨다고 한다. 허리케인으로 뉴욕이
쑥대밭이 된 재앙 때문에 유엔본부 엘리베이터가
고장나는 등 우여곡절도 있었으나
반 총장의 환대로 인류애에 대한 사상을 공감,
공유했다고 한다. 나는 자연 현상 앞에서
무력할 수밖에 없는, 과학의 혜택을 어느
나라보다 향유해오던 미국의 자존심이 형편없이
구겨진 상황에서 정신문명의 가치를 설파하신
스님의 방문이 더욱 뜻깊었을 것으로 생각했다.
스님도 주유소에 미국인들이 길게 줄을 서는 걸
보고 놀라셨다고 한다. 맨해튼으로 가는
모든 승용차는 반드시 3인 이상이 타야 하고,

호텔도 한때 단전이 되었다고 한다.
스님의 다음 일정은 뉴욕에서 북으로 4시간 거리에
있는 햄프셔대학에서의 강연. 대학에는
세계적인 불교학자 피셔 박사와 베스트셀러 저자
혜민스님이 교수로 있었는데 통역은
혜민스님이 했다고 한다.
로스엔젤레스로 와서는 UCLA대학에서 강연했는데
이 대학에는 스님에게 간화선 지도를
받은 로버트 버스웰 교수가 안내했다고 한다.
두 대학 모두 강연장에 미국 학생들의
열기가 대단했는데 간화선을 체험하고 싶어하는
학생들이 많았다고 한다.
나는 현장의 열기를 직접 보고 싶어
스님께 다음 방문 때는 동행할 수 없겠습니까, 하고
제안했다. 동양의 정신문화가 미국에 어떻게
접합되고 수용되는지 미국인들의 모습을 통해
인간의 보편적인 모습을 살피고 싶어서이다.

두 사람의 화가를 추억하며 — 최쌍중, 이호중 화백

내가 가장 좋아하는 화가는 두 사람인데,
공교롭게도 두 사람 다
저 세상으로 먼저 가버렸다.
최쌍중 화백은 조선대 미대를 나온 분으로
고등학교 때부터 각종 상을 휩쓸었던 분이다. 그러나
최 화백님은 늘 독립군처럼 살았다. 어떤 집단의
힘에 의지하지 않고 광야에서 각개전투를 하듯
자신의 경지를 개척한 분이다.
그분을 처음 만난 것은 내가 아주 잠시
월간문학에 근무할 때였다. 표지화를 받기 위해
그의 화실을 찾아갔던 것이다. 그분은 낙원상가의
어두컴컴한 방 하나를 월세로 얻어
화실로 사용하고 있었다.
화실을 들렀을 때 첫 인상은 매우 궁핍하다는
것이었다. 양재기에 먹다 남은 라면이
불어 있었던 게 지금도 기억난다. 라면을
불려먹을 정도라면 극빈층에 해당된다고 봐야

할 것이다. 그러나 열정적이었다.
적어도 그림에 관한 한 무한대의
자존심을 가지고 있었다.
그분이 표지로 그려준
그림은 영광 법성포의 쓰러져가는 초가 그림이었다.
경향은 인상파적인 화풍이었다. 마치 우리나라
인상파 화풍을 일제강점기 때부터
선구적으로 이끌었던 오지호 화백을 연상케 했다.
이후 최 화백은 화단에서 이단아로 행동했지만
누구도 무시할 수 없는 존재감을
드러냈다. 화랑 주인들이 경쟁적으로 그의
그림을 소장했다. 그분은 자신과 같은 처지의 후배들
을 모아 '선線과 색色'이란 동인을 결성했고
바르고 개성있는 화가들을 찾아 지원하기도
했다. 학연과 지연과 세간의 평을 철저하게
거부하는 것이 동인 선정의 기준이었다.
그분의 혜택을 받은 화가는 많다. 대표적인 사람이

이호중 화백이다. 당시 이호중은 고졸 출신의
아주 저평가된 화가였다. 그는 대학을 가지 않고
그림만으로 버티고 있었는데, 최 화백님의 눈에
띄었던 것이다. 내가 직장을 샘터사로
옮겨 삽화작업을 함께 할 수 있는 화가를
천거해달라고 부탁하자 최 화백님은 이호중 씨를
맨 먼저 거론했다.
나보다 나이가 어린 이호중 화백과의 인연은
그렇게 시작됐다. 그는 나와 친해지자
나를 형으로 부르고 따랐다. 알고 보니
그는 천상 화가였다. 화가가 될 수밖에 없는
유전자를 지니고 있었다. 그의 할아버지는
일제강점기 때 선전 입선 작가였고, 그의 아버지는
미술교사였던 것이다. 그리고 더욱
놀라운 사실은 그의 할머니는 그림을 배운 바
없지만 쥐를 살아 있는 것처럼 극사실로
그리곤 했다는 것이다. 할머니의 피를

받았던 것일까? 그는 극사실 화풍으로 모든
사람들을 놀라게 했다.
그는 결혼한 뒤 그림 공부에 목말랐던지
러시아로 유학을 갔다. 상트 페테르부르크의
미술대학에서 5년간 공부했다.
대학시절을 곤궁하게 보냈던 그의 일화가 있다.
한번은 내게 헐레벌떡 뛰어왔다. 내일 러시아로
돌아가야 하는데 비행기표 값이 없다는 것이었다.
나는 두말하지 않고 내 월급 일부를 가불하여
그의 손에 쥐어주었다. 졸업한 뒤 그가 나를 찾아와
'형편이 나아지면 빚을 갚겠다'고 했다. 나는 '부자가 되면
갚든지 잊어버리라'고 거절했다. 그러자
그가 어릿광대처럼 떼를 썼다. 나는
할 수 없이 지갑에서 아버지 사진 한 장을 꺼내
'정 그렇다면 초상화를 그려달라'고 했다.
지금 내 산방에 걸린 선친의 초상화는
이런 사연으로 그려진 것이다.

어느 날 그는 또 아버지 초상화만 그려
마음이 찜찜하다며 어머니 초상화까지 그리겠다고
하더니 내 산방으로 그림을 싣고 왔다.
올라갈 때 넉넉하게 사례를 못한 것이 못내
후회가 된다.
그는 오 년 전 암으로 세상을 떴다. 암이 발견된 지
한 달도 못 돼 숨을 거둔 것이다. 한 번도
정식으로 배운 적이 없지만 클래식 기타를 잘 치고
코넷을 잘 불었던 그가 그립다. 그의 흔적들이
내 산방 여기저기에 어른거린다.
인간이란 존재는 누구라도 생로병사의 덫을
피해갈 수 없다는 것을 한 번 더
절감하는 만추다.

신간을 내고 나서 가장 기쁜 일 중에 하나가
몇 십 년 만에 고등학교 동창을 만난 일이다. 신간
인터뷰가 모 일간지에 나가자, 그 기사를 읽은
친구가 전화로 나를 찾아준 것이다.
내가 일찌감치 교사를 그만두고 놀고 있을 때 그를 만
났던 것 같다. 당시 그는 제약회사
회장 비서실장이 되어 바쁘게 살고 있었다. 나를 걱정
할 만도 했다. 글을 쓴답시고 아무런
전망도, 계획도 없이 살고 있으니 삶의 무능력자로
보였을 것이다. 어쨌든 나는 상경하여 볼일을
본 뒤에 그를 기차 역사 커피숍에서 만났다. 그의
긴 이야기를 들었다.
나는 처음으로 그가 고등학교 때 자신은 물론
두 여동생의 학비를 벌면서 다녔다는 사실을
알았다. 그리고 고등학교만 졸업한 뒤 취업하여
회장의 신임을 받아 비서실장까지 오른 다음,
돌연 퇴직하여 여기저기서 자금을 끌어모아

벽돌공장을 인수하여 운영하다가 망했다는
이야기도 들었다. 공장과 살고 있는 집까지
넘어가자, 무작정 안산으로 올라가 공장에 취업하여
기술을 배운 덕에 오늘날의 회사를 설립했다는
드라마였다.
성공 스토리를 듣고 있는 내내 나는 친구가
대견하면서도 안쓰러웠다. 그가 나를 걱정할
것이 아니라 내가 친구를 걱정하지 못한 것이
미안하기도 했다. 그러나 현실은, 그의 인생은
야구처럼 9회말 투아웃에서 홈런을 친 것과 흡사했다.
나는 이불재로 내려와 아침 산책을 하면서
그의 호를 생각했다. 천길절벽에 뿌리 박은
낙랑장송이 머릿속에 그려졌다. 그래서 그의 호를
송암松巖이라고 지었다. 그의 인생이 소나무바위,
혹은 바위소나무처럼 여겨졌던 것이다.

서울에 살던 때였다. 안양천을 사이에 두고
나는 영등포에, 대학교 선배이자 시인인
김강태 형은 목동에 살았다. 지하철이나 버스를
타면 15분 거리였다. 형은 1년에 한두 차례 정도
"찬주 씨, 맛있는 소고기집이 있는데 지금
나올 수 있어?" 하고 나를 불러냈다.
소고기를 먹으면서 형은 시보다는 가정생활에
대해서 이런저런 얘기를 많이 해주었다. 내가
그런 면에서 서투르게 보였던지, 아니면 실제로
그럴 거라고 짐작했는지는 알 길이 없다.
대학 1학년 때 형은 시를 써 아르바이트를 할 정도로
문재文材가 넘치는 선배였다. 무슨 얘기인가
하면, 당시 통기타 가수들의 노랫말을
지어주고 학비를 버는 선배였던 것이다.
나는 형이 지은 노랫말을 알고 있다. 그러나
노래책을 보면 형의 이름은 빠져 있고 노래를 부른
통기타 가수의 작시作詩로 돼 있다. 증거가

없기 때문에 되찾을 길은 없는 것 같다.
작곡가 사무실에서 형의 손에 쥐어주었던 돈이
학비에 보탬이 됐다는 것으로 자위할 수밖에
별 도리가 없으니 말이다. 다만, 형의 노랫말이
젊은 대학생이나 청춘들에게 위안이 되었던 것을
보면 형의 시 세계의 본령은 중년의 에로틱이 아니라
청춘의 에스프리가 아닌가 싶다. 형은 청춘의
우수를 말할 때 빛을 발했던 것이다.
안사람도 형을 나 못지않게 좋아했다. 그럴 수밖에
없는 것이 형은, 나도 깜박 잊어먹는
안사람의 생일과 결혼기념일을 기억해
축하전화를 해주곤 했던 것이다. 지금도 안사람은
형 애기만 나오면 너무 일찍 가셨다고
안타까워하며 얼굴이 어두워진다. 시詩만큼이나
삶도 정이 넘쳤고 섬세했던 사람이
형이었던 것 같다.
김강태 형을 생각할 때마다 동해바다, 그 새벽에

찾아간 카페가 잊히지 않는다. 형은
어느 가수가 불렀던 '동행'이란 노래를
자신의 애석한 운명을 손짓하듯 불렀다. 세월이
무심하게 흐른 뒤 형은 나, 그리고 자주
만났던 이들과의 동행을 멈추었다. 암센터에
가보니 이미 대장암 3기였다.
결국 형은 더 살고자 몸부림치다가 아내와
두 딸을 남겨둔 채 눈을 감았고, 평소에 친척인 듯
가깝게 지냈던 우리는 장지에서 삽으로 흙을 떠
형의 관 위에 뿌렸다. 산역꾼들에 의해
형의 유택이 다 만들어지는 것을 보고 나서야
우리는 허탈한 심정으로 장지를 떠났다.

세상에서 가장 큰 바랑 — 어라스님

'내 안에 있는 스님이 어라스님'이라고
말하는 스님으로부터 새해 달력이 왔다. 달력은
스님의 그림이 매달 하나씩 소개되고 있다.
아마도 스님이 이불재를 방문하였을 때 내가 책을
한 권 선물했는데, 그것에 대한 답례라고 여겨진다.
나는 달력의 그림 중에서 표지그림이 가장
마음에 든다. 사실 이 그림이 페이스북에
오른 것을 보고 어라스님에 대해서 관심이 갔다.
어라스님은 스님의 내면에 존재하는 가상의
캐릭터다. 불성 혹은 영성을 지닌 순수한
영혼이라고 할 수 있다.
달력 표지그림을 또 다시 보고 있는데, 내 눈길을
끄는 것은 어라스님이 멘 바랑이다. 아마도
이 세상에서 가장 작은 바랑일 것이다.
그러면서도 이 세상에서 가장 큰 바랑일 것이다.
그 바랑에는 무엇이 담겨 있을까? 나는 작은 바랑에
우주도 담을 수 있다고 생각하는데 거기에

담겨 있는 것은 무엇일까?
러시아 동화 한 편이 생각난다. 너무 오래 전에 읽은 탓에 작가는 기억나지 않는다. 내가 읽은 동화 중에 가장 감동적인 한 편이었다.
나무꾼이 나무하러 갔다가 숲에 털실장갑 한 짝을 잃어버리고 왔는데, 숲속 동물들이 장갑 속으로 들어가 이층집을 짓고 그 겨울을 따뜻하게 보냈다는 얘기다.
어라스님의 바랑이 러시아 동화에 나오는 장갑 같다는 생각이 문득 든다.

음악 하나로 사는 자유인 — 치유명상음악가 평산거사

자유인 한 사람이 이불재를 다녀갔다. 그의 명함
앞면에는 치유명상음악가 평산平山이라고 돼 있고,
뒷면에는 조선 명조 때의 관노 출신
음악가 허억봉을 주인공으로 한 영화를 만들고
있다며 자신을 소개하고 있다. 하얀 턱수염을
기른 그의 첫 인상은 인도 힌두사두 같았다.
전생에 인도에서 살았던 바라문인지도 모르겠다.
그는 기타를 달라더니 자신이 좋아하는
곡을 쳤다. 자신의 영산회상곡을
들려주겠다고 하더니 내가 중학교 다닐 때
들었던 'The House of the Rising Sun'을 노래하며
연주했다. 가사를 음미해 보니 창녀의
노래가 아니라 놀랍게도 보살의 노래라는
생각이 들었다. 초면에 기타 연주를 스스럼없이
하는 그는 영락없는 자유인이었다.
나는 내가 작시한 '이불재 가는 길' 악보를 주고
연주를 부탁했다. 그러자 그는 악보를 한번

보더니 내게 돌려주고는 기타줄을 조율했다.
나는 그가 '이불재 가는 길'이 시시해서
다른 곡을 연주하나보다 생각했다. 그러나
그는 악보를 쓱 눈에 스치는 것만으로도 다
외워버렸고 장조인 노래를 장조와 단조의 노래로
바꾸어버렸다. 나는 그의 연주를 들으며
기타야말로 철학적인 악기라고 생각했다.
내 마음을 잘 표현하여 철학적인 느낌이 들었는지는
모르겠지만 아무튼 어느 누구의 연주보다
적어도 '이불재 가는 길'에 있어서만은 철학적이었다.
나는 그의 음악세계에 매력을 느꼈다. 음악 공부를
한 번도 한 적이 없다는데 어떻게 악보를
보고 기타나 피아노, 타악기들을 연주하는지
신기했다.
그래서 나는 오늘 아침에 참지 못하고 그에게
전화를 했다. 그러자 그는 대뜸 나를 형님으로
부르겠단다. 마음을 연다는 것은 자신의

모든 것을 숨기지 않고 드러낸다는 의미도 될 터이다. 며칠 안에 이불재를 또 오겠다고 하니 그때 나는 그의 드라마틱한 과거 얘기를 들어볼 생각이다. 그는 기회가 되면 마음에 맞는 지인들을 모이게 한 뒤 이불재 뜨락에서 치유음악도 하고 자신의 장기인 타악기 연주도 들려주겠다고 한다. 잔치국수 한 그릇만 형수님이 해주면 그만이라는데 벌써부터 기대가 된다.

내가 선생을 만난 것은 20여 년 전으로 거슬러 올라간다. 선생이 대표로 있는 영광도서에서는 달마다 화제의 책을 선정하여 독서토론회를 정기적으로 개최해오고 있는데, 나의 책이 추천되어 그때 처음 만났다. 대형서점의 사장이라는 선입관이 주는 무게랄까 부담감이 전혀 없었다.

"영광도서 김윤환입니다. 정찬주 씨를 만나서 영광입니다."

자신이 운영하는 영광도서를 슬쩍 나의 뇌리 속에 잊어지지 않게 하는 유머나, 토론회가 끝난 후 뒤풀이 장소에서 보여준 심상치 않은 가창력과 미성의 노래솜씨 등이 나를 매료시키기에 충분했던 것으로 기억된다.

더구나 우리가 종교적으로 같은 길을 가는 도반道伴이라는 사실이 확인되면서 더욱 친화력이 느껴졌다. 이후 내가 부산에 내려갈 때마다 우리는 스스럼없이 형님 동생 하며 인생과 문학에 대해 많은 이야기를 나누었다.
또, 어느 날인가는 해운대의 한 노래방에서
추억의 노래를 부르다가 자정이 넘자,
마지막 곡으로 합석한 스님의 반야심경 독경을
듣고는 흐트러진 머릿속을 헹구어 냈던 추억이
지금도 생생하다.
이런 우리를 두고 남들은 부산과 광주가 만난
진정한 동서화합이라고 의미 부여를 하지만,
그것은 우리의 우정에 잡티를 얹는 것이나 다름없고
다분히 정치적인 수사일 뿐이다. 인간의 순수한
만남이란 동서도 없고 남북도 없는,
즉 산은 산이고 물은 물이듯 만남은
만남일 뿐인 것이다.
함안의 시골 고향집을 떠날 때 어머니가
노잣돈으로 건네주었다는 어미닭 두 마리가
오늘날 부산의 명소인 영광도서를 우뚝 솟게
한 것을 보면, 그것만으로도 우리는 이 시대의

신화 하나를 만들어 낸 불퇴전의 그에게
박수를 보내지 않을 수 없을 것이다.
영광도서 48년 외길을 걸은 김윤환 형님이여,
지금이란 시간 앞에 영광 있으시라. 뭇 사람들에게
늘 사랑 받으시라.

맨 먼저 오신 스님은 페북에서 만난
젊은 스님이었다. 나는 스님에게 나의 동화책
《바보동자》를 빌려주었고, 중국 10대 선사
선禪 기행문인 《뜰앞의 잣나무》는
'평상심시도平常心是道'라고 쓰고 난 뒤 선물했다.
평상심이란 한 생각이 일어나기 전의
마음을 말한다. 바람 불기 전의 본래
바다인 것이다. 파도치는 바다가 아니다.
젊은 스님은 순수했다. 그 순수함이 안도 순수하고
중간도 순수하고 바깥도 순수한 것 같았다.
순수함, 즉 천진天眞이란 깨달음에
이르지 못한 무명 속에서도 등불처럼 빛을 내는
질료가 아닐까 싶다. 스님이 자신의
마음속 동자를 그리고 갔는데
신세대적 감각이었지만 장욱진 화백의
천진성이 문득 떠올랐다.
두 번째 찾아온 스님 손님은 화엄사 선등선원

선원장 현산스님과 월명암 사성선원
선원장 일오스님이었다. 원래 내 산방을
방문하기로 한 분은 일오스님이었지만
현산스님과 동행한 것이었다. 두 분 다
도인의 풍모를 언뜻언뜻 비쳤다.
일오스님을 처음 뵀던 때를 나는 정확히
기억하고 있다. 우리나라에서 월드컵을 개최한
2002년도였다. 온 나라가 붉은악마로
뜨겁게 열광할 때였다. 그 무렵 나는 중앙일보에
6개월 동안 '선방 가는 길'을 연재하고
있었는데, 어찌 보면 월드컵의 분위기와
정반대의 글이었다. 삶의 본질을 묻는
구도적인 글이었던 것이다.
'선방 가는 길' 중에서 눈 덮인 월명암을
찾아가 일오스님을 만난 부분을 이렇게 썼었다.

발밑을 보니 기둥 옆에 한겨울인데도 푸른

풀잎이 돋고 있다. 선방의 열기가 뻗치어
싹을 틔운 것 같다. 그러나 풀잎은 나그네의
그런 상상을 허락하지 않는다. 풀잎은
지금 자신의 삶을 온몸으로 드러내고 있을
뿐이다. 풀잎이 화두 하나를 던진다.
"당신은 지금 자신을 온몸으로 드러내며 살고
있습니까?"
암자 굴뚝으로 허연 연기가 뭉게뭉게 피어나고 있다.
연기조차도 자신의 전부를 드러냈다가
자신의 전부를 사라지게 하고 있다. 나그네도
자신에게 주어진 삶을 온전하게
불사르며 사는지 묻지 않을 수 없다.

두 분의 선원장 스님은 먼저 자리에서 일어나
떠나시고, 나는 젊은 스님과 차담을 더
나누다가 저녁이 되어 밖으로 나가 함께 공양하고
헤어졌다. 스님은 청주로 갔고 나는

이불재로 돌아와 책상 앞에 앉았다. 청정한

세 분의 스님들로 인하여 내 눈도,

마음도 맑아진 것 같다.

손님들의 여운

꽃에는 꽃향기가 있고

차에는 차향이 있다.

사람에게는 여운이 있다.

그게 사람의 향기가 아닐까?

중국 3대 혁명음악가 정율성 – 정소제 여사

지난가을, 중국 북경에서 오신 귀한
손님을 만났다. 중국 3대 혁명음악가이자
신중국 100대 영웅으로 선정된 정율성 선생의
외동딸 정소제鄭小提 여사님과 6시간쯤을
함께 했던 것이다.
이분께서는 아버지 정율성 선생이 유년시절을 보낸
화순을 방문하셨는데 혼자만 오신 게 아니었다.
북경의 전문합창단과 동행하여 정율성 선생이
작곡한 〈중국인민해방군군가(중국의 국가)〉를
비롯하여 모택동이 극찬한, 우리 민요가락이
가미된 〈연안송〉 등을 들려주었다.
역시 정율성 선생의 작곡인 〈우리는 행복해요〉는
중국 초등학교 교과서에 실려 있다고 하는데
이 곡은 화순의 한 초등학교 합창단이 불렀다.
정율성 선생이 조국과 고향 화순을 그리워하며
부른, 정소제 여사님이 녹음해 두었던 〈메기의 추억〉을
듣고는 가슴이 먹먹했다.

나는 재작년에 중국에서의 항일투쟁을 다룬
《조선에서 온 붉은 승려》란 소설을 낸 적이 있는데
그 소설 속에 혁명음악가 정율성이
혁명의 땅인 연안으로 가는 길을 그렸던바,

마음속 깊이 감개무량했다. 더구나 그
소설 속의 인물들 후손들도 자리를 함께했으니
신채호 선생의 며느리 되시는 분, 의열단 단장
김원봉 선생의 자손도 북경에서 함께
오셨던 것이다.
나와 정소제 여사님은 하동정씨로서 항렬이
같은 듯했다. 점필재 김종직의 제자였던 나의 15대조
할아버지께서 화순 땅에 뿌리를 내린 뒤
하동정씨 화순분파가 생겼기 때문이다. 그래서
나는 72세 된 정소제 여사님과 헤어질 무렵에는
여사님을 누님이라고 불렀다. 이 일만 가지고도
인생이 드라마 같다는 생각이 들지 않을 수 없다.

상생은 섭리 — 정선식 박사

전남대 의대를 정년퇴직한 미생물학자
정선식 박사는 나를 자주 놀라게 한다.
프랑스 유학시절에 구해온 아코디언
연주 실력도 그렇고, 하모니카를 300개나
가지고 있는 마니아라는 점도 그렇다.
한국인답지 않게 노래방 가기를 꺼리는 나이기에
정 박사가 부럽기만 하다.
그가 비브리오 패혈증균을 최초로 발견한
학자라는 사실도 나를 놀라게 한다.
그런데 나를 더 놀라게 하는 것은 그가
생명의 가치를 얘기할 때 의학자가 아니라
종교적인 겸손한 사람으로 귀화해 있다는 사실이다.
의학자들은 병균을 죽이는 항생제를
한때는 전지전능한 마법의 탄환이라고 불렀다고
한다. 그런데 일부 균은 항생제의 강력한 공격에도
살아남았고 내성이 키워진 균의 독성은
치명적이 되었다는 것이다. 그래서

정 박사는 프랑스에서 귀국한 이후부터
30년째 균을 죽이기보다는 균을 달래서
독성을 순화하여 공생하는 쪽으로 연구를 하게
됐다고 한다. 그러는 동안 해로운 균이나
이로운 균이나 생명의 가치는 같다는 사실을
깨달았다는 것이다.
정 박사의 얘기에 의하면 현재까지 우리 입속에서
발견된 미생물은 750여 종이란다. 경이롭게도
입속의 미생물은 자기 자리에서
옆 공간을 탐하지 않고 조화롭게 산다고 한다.
현미경으로만 볼 수 있는 작은 미생물도
상생의 공동체를 이루고 있다는 것이다.
만물의 영장이라는 우리 인간은 왜 그러지
못한지 불가사의하다.

20년 전 내 얼굴 — 김복태 화백

일러스트레이터 김복태 화백님이 샘터사로 찾아와
내 얼굴을 그려준 적이 있다. 하단에
2000년이라는 연대 표시로 보아 내 나이
47살 때의 얼굴이다. 링컨이 말했던가? 마흔이면
자기 얼굴에 책임지는 나이라고 했다. 그때
나는 내 얼굴에 책임을 지고 언행했는지 어땠는지
잘 기억나지 않는다.
오늘의 얼굴은 과거의 내가 만든
얼굴일 것이다. 오늘의 얼굴과 그때의 얼굴에
어떤 차이가 나는지 나는 잘 모르겠다.
이불재를 찾아오는 손님 중에는, 덕담이겠지만
내 얼굴이 점점 좋아진다고 하는 사람이 있다.
정말일까? 나는 덕담으로 헤아려 듣고 만다.
내일의 얼굴은 오늘의 내가 만든 얼굴일 것이다.
그러고 보니 얼굴이란 단순히
눈코입이 달린 동물학적인 한 부분이 아니라
개인의 역사가 기록되는 한 권의 책이 아닐까 싶다.

물론 파란만장한 삶을 산 사람은
단편소설이 아니라 장편소설
혹은 대하소설일 터이다.
소설에는 건조한 사실주의 소설도 있고, 분위기
있는 낭만주의 소설도 있다. 감성적인 따뜻한
소설도 있고, 이성적인 차가운 철학소설도 있다.
딱딱한 관념주의 소설도 있고, 속도감 있는
행동주의 소설도 있다. 소설이 다양하듯
사람도 천차만별인 것 같다.
내 얼굴을 그려준 선배님에게 많이 늦었지만
감사를 표하고 싶다. 내 얼굴을 보면서 잠시
깊은 사색에 잠겨 보았으니 말이다. 하늘에서
내리는 빗방울의 모습이 다 다르듯
사람들의 얼굴도 다 다른 듯하다. 신기하고
신비하고 경이로운 일이다.

어려운 시절을 잊지 말 일이다. 퇴원하는 날에
의사 왈, "천만다행입니다. 암으로 넘어가기
직전이었습니다."
1년이 지난 뒤 그런 일을 완전히 잊어버리고
있었는데 나를 초진했던 동문외과
양강렬 원장이 찾아와 약을 놓고 갔다.
약사여래가 따로 없다. 내 잘나서 사는 것
같지만 사실은 이웃과 공생하고 있음을
절감하지 않을 수 없다.
내가 이웃에게 나눌 수 있는 것은 무얼까? 알량한
글 말고는 아무 것도 없다. 이불재 당호와 같이
귀를 크게 열고 상대 얘기를 마음으로
들어주며 차 한 잔 내놓는 일밖에.
이불재를 다녀간 사람들을 떠올려보니 내게는
그 일밖에 없었던 것 같다.
불편한 손님(암)과 동거하고 있다는 이해인 수녀님,
내 책을 들고 암자를 여행하며 6년을 더 살고 있다는

노신사, 자살예방을 위해 생명생존운동을 하겠다는 수행자, 차를 좋아하는 다인 등등. 특별한 재주나 사회적인 힘이 변변찮은 나로서는 앞으로도 남은 생을 찾아오는 손님들에게 차나 한 잔 권하며 살지 않을까 싶다. 이불재 차맛이 좋다고 한 양 원장 말이 잊히지 않는다. 고맙기 그지없다. 이 세상 모든 유무정들에게 맑은 차 한 잔 올리고 싶은 아침이다.

인생 후반의 지도를 그리게 한 모그룹 회장

《삼국유사》를 편찬한 일연은 '맑은 바람이
한 자리 차지함을 탓하지 마오'란 시를 남겼다.
내 곁에 있는 사람이 맑은 바람, 즉 선지식일지
모르니 잘 살펴보라는 경책의 의미가
담긴 시구詩句다. 오래 전에 《삼국유사》를
읽다가 이 구절에 이르러 눈에 비늘이 벗겨지는
것처럼 상쾌해짐을 느꼈다.
이불재를 다녀간 손님들 중에는 내게 어떤
영감을 주는 분들이 있다. 모그룹의 회장도
바로 그런 분이다. 한 달 전부터 비서실
직원과 일정을 조율했다. 나중에는 머리가
무거워지기도 했지만 비서가 참 힘든
직분이겠구나 하고 이해하는
계기도 됐다. 비서는 내가 사는 고장의 음식점들을
다 조사해서 나더러 어디로
가시겠냐고 점심 장소까지 미리 예약했던 것이다.
마침내 그분은 기사만 데리고 내 산방을

찾아왔다. 소풍을 온 듯 운동화에 간편복장을 하고
왔다. 종교는 가톨릭인데 불교 이야기를 하는
나를 찾아왔다는 것이 고마웠다. 내 산문집
《그대만의 꽃을 피워라》를 출장 중 비행기 안에서
읽었다고 자기 소개를 했다. 그러면서
책을 읽고 작가를 찾기는 이번이 두 번째라고 했다.
그런데 그분은 나에게 얘기를 들으러 왔다기보다는
자신의 얘기를 폭포처럼 쏟아냈다. 나는
청자聽者, 즉 듣는 귀가 되어 귀기울여주고
차를 우려내줄 뿐이었다. 일방적으로 얘기를
하는데도 불편하지는 않았다. 그의
얘기 중에는 나와 공감되는 부분이
더러 있었기 때문이다. 이를테면 독서와 채식 같은
것은 나와 생각이 같았다. 그분은 지독한
독서광이었고 팔할 정도는 채식주의자였다.
어떤 책에 대해서는 날카롭고 거침없는 비판을 가했다.
두부요리를 전문으로 하는 음식점에서

식사를 마친 후 내 산방으로 돌아와서야 나는
내 역할을 발견했다.
'아! 남의 얘기를 들어주는 것도 내 역할이 되겠구나.'
나중에 내가 내 글마저 놓아버릴 때가 되면
남의 얘기를 들어주는 사람이 돼야겠구나 하는
깨달음이 왔다. 좌고우면 하지 않고
앞만 보고 달려온 사람들에게 이불재를 개방하여
차를 우려주면서 '얘기를 들어주는 사람'이
된다면 그 또한 인생을 의미있게
회향하는 일이 아닐까 싶다.
그러고 보니 자신의 얘기만 속사포처럼
쏟아놓고 간 그분도 역시 나에게 자극을 준,
어떤 영감을 준 선지식이었다는 생각이 든다.

한가위 보름달을 주고받다 — 정희성 시인

제주도에 사는 농부시인 정희성 후배가 성산포 달을
보내왔다. 답례로 나도 내가 사는 계당산
이불재 달을 보내주었다. 서 있는 자리는 둘이나
보는 달은 하나가 아닌가! 그러자 정 시인이
성산포 달빛은 소금기가 배어 간간하단다.
시인의 재산목록에 성산포 달빛이
들어가 있다는 게 놀랍다.
이불재 뜨락에 쌓이는 달빛은 무슨 맛일까?
문득 느슨했던 영혼의 세포가 살아나는 느낌이다.
보름달을 보며 뜨락을 한동안 밟았다.

집은 사람을 닮는다 — 오상민 사진기자

《월간중앙》에 '내 고향 산책'이라는 원고를 송고했더니
배경이 되는 사진을 찍으려고 사진기자
오상민 씨가 아침 9시에 이불재로 왔다.
서울에서 몇 시에 출발했냐고 물으니
새벽 4시 조금 넘어서라고 한다. 나이는 33세.
아들 같은 나이다. 구김살이 없어
친근감이 든다. 나는 오만상을 찌푸리고 있는
사람보다 밝은 사람을 좋아하는 편이다.
문득 어제 가졌던 인터뷰 한 토막이 떠오른다. 인터뷰
중에 '집이란 무엇인가?'라는
질문을 받고 나는 '거기 사는 사람의 삶을 담는
그릇이다'라고 말했다. 집도 결국에는
그 집에 사는 사람을 닮으리라는 생각에서
그렇게 말했다. 집이 격조가 있다는 것은
거기 사는 주인공이 격조가 있다는 말이 아닐까.
사진기자가 내 책을 두 권 가져와 사인을
부탁했다. 내 캐릭터를 잡기 위해서 사보았다고

한다. 나는 서명 위에 '일일시도日日是道'와 '신득급信得及'이란 글을 써주었다. '날마다 진리다'와 '믿으면 이루어진다'라는 뜻으로 그렇게 써주었다.

나에게는 나를 후려치는 두 개의 죽비가 있다.
하나는 '집착하지 말라'는 죽비이고, 또 하나는
'걸림없이 살라'는 죽비이다.
미로 같은 불교 공부 40여 년 만에 얻은 두 개의 죽비이다.

#3
나를 놓아버릴 때와
나를 들여다볼 때

마음이란 허공과 같이 한없이 크다가도 바늘 하나
꽂을 자리 없을 만큼 좁아진다고 했다.
달마대사의 말이다. 왜 그럴까? 아인슈타인은
시간도 마음과 같이 고정불변하지 않고
빠르게 가기도 하고 느리게 가기도 한다고 했다.
사랑하는 사람과 함께 있을 때는 빠르게
가지만 부담스러운 사람과 함께 있을 때는
느리게 간다는 것이다.
나는 마음이 바다와 같다고 느낀다. 바람이
불지 않을 때는 거울처럼 고요하지만 바람이 불 때는
감정의 파도가 친다.
삶에 있어서 바람이란 어디에서 연유한 것일까?
분별하고 집착하는 의지나 행위가 바람의
진원지라는 생각이 든다. 그것을 뛰어넘으려면
어떻게 해야 할까? 나를 비우고 대상 혹은
상대 속으로 들어가버리면 되지 않을까?
나를 죽여야 내가 사는 것이 아닐까?

두 개의 죽비

나에게는 나를 후려치는 두 개의 죽비가 있다. 하나는
'집착하지 말라'는 죽비이고,
또 하나는 '걸림없이 살라'는 죽비이다. 미로 같은
불교 공부 40여 년 만에 얻은 두 개의 죽비이다.
생가지 같은 젊은 시절에는 니르바나(열반)나
깨달음(정각)과 같은 벽공의 구름처럼
아름답고 매력적인 말에 휘둘려 살았지만
이제는 두 개의 죽비만 있으면 자주적으로
자족하며 살 것 같다. 내 자신을 오랫동안
임상실험 했다고나 할까…, 이제는
이불재로 찾아온 사람들에게 각자의 힘든 삶을
토로하면 나는 두 개의 죽비를 기꺼이 내어준다.

내가 짓고 내가 받는 법칙

행위에는 두 가지가 있다. 발복하는 행위와
복감하는 행위가 그것이다. 발복發福은 말 그대로
복이 뭉게구름처럼 피어나는 것이고,
복감福減은 물이 증발하듯 복이 줄어드는 것이다.
좀 고리타분한 얘기 같지만 자기가 하는 행위를
들여다보면 두 가지 중의 하나다. 중간은 없다.
인과의 엄밀한 법칙이다. 삶의 엄정한 공식이다.
자작자수自作自受, 자기가 짓고 자기가 받는다.

나는 누구인가

내 산방 뒷산 이름은 계당산이다. 보성군과 화순군의 경계를 이루는 산으로 해발 5백 미터가 조금 넘는다. 그런데 허공에서 떨어지는 빗방울의 운명이 참 의미심장하다. 바람을 만난 빗방울이 내 산방 쪽으로 떨어지면 영산강이 되고, 보성군 쪽으로 넘어가면 섬진강이 된다. 어떤 바람을 만나느냐에 따라 빗방울이 가는 길은 달라진다. 분수령이 되는 것이다.

사람도 마찬가지다. 어떤 친구를, 어떤 스승을, 어떤 아내를, 어떤 남편을, 어떤 종교를 만나느냐에 따라서 운명이 달라진다. 강은 빗방울들이 모여서 만들어진 흐름이다. 사람도 나이 들면서 지향하고 의지하는 것들이 알게 모르게 정리된다. 그러고 보면 내 산방 뒷산에 떨어지는 빗방울 하나도 내게 인생이 무엇인지를 깨닫게 해준 선지식이다.

내가 누구인지 알고 싶은가? 내 친구, 내 스승,

내 아내 혹은 남편, 내 종교가 무엇인지를 살펴보면 숨김없이 다 드러난다. 누구에게 물어볼 것도 없다. 내 마음의 친구, 내 마음의 스승, 내 마음의 가족, 내 마음의 종교가 나를 이루고 있기 때문이다.

홍매 꽃망울

꽃의 혼이 있다면 무엇일까? 나는 꽃의 빛깔이라고 생각하는 사람이다.
그렇다면 당연히 홍매의 혼은 붉은 빛깔이다.
이불재 뜨락의 홍매 가지에도 꽃망울들이 대롱대롱 달려 있다. 홍매의 붉은 혼이 한가득 차 있는 모습이다. 그래서인지 나는 혼이 달아나버린 꽃보다도 꽃망울을 더 좋아하는 편이다.
일찍이 미당 서정주 선생은 성철스님을 뵙고 있는데 스님의 모습 뒤로 분홍 빛깔이 선명했다고 얘기하신 적이 있다. 후광의 빛깔이었을 텐데 사람마다 나름의 빛깔이 있을 것 같다. 나는 무슨 빛깔인지 몹시 궁금하다.

이불재 처마에 고드름이 맺혀 있다. 어린 시절에
냇가 버들강아지 가지 밑으로 달린
고드름을 따 먹은 기억이 난다. 이불재가 북향집이기
때문에 고드름이 잘 열리는 것 같다.
남향집에서는 고드름이 금세 녹아버리는데
북향집의 장점 중 하나라고 생각한다.
사람을 살리는 말이 있고 죽이는 말이 있듯
검劍에도 활인검이 있고 살인검이 있다. 동장군의
장검長劍 같은 고드름을 보니 정신이 번쩍 난다.
저 고드름의 검으로 나의 잡념, 편견, 선입견, 타성 등을
베어버리고 싶다.
거듭난다는 건 없던 존재가 새로 태어난다는 뜻이
아니다. 끊임없이 자기 내면을 정화한다는 의미이리라.
법정스님이 이불재를 오셔서 물었다.
"왜 북향집을 지었소?"
"천년고찰인 아랫절을 내려다보고 사는 게
무례하다는 생각이 들어 그랬습니다."

"잘 했소. 절이 보이게끔 지었으면 절 지키는 경비초소가 될 뻔했어요."

우리가 진정 사랑하고 싶은 것이 있다면 소유하지 말아야 한다. 가끔 한번씩 목말랐을 때 온몸으로 사랑해야 한다. 집착과 소유는 사랑이 아니다. 나는 바닷가에 통유리 집을 짓고 사는 사람들의 취향을 별로 좋아하지 않는다.
그것은 바다에 대한 예의가 아니다. 나라면 5분, 10분 걸어야만 바다가 보이는, 그런 곳에 숨은 집을 짓고 싶다.
아랫절 쌍봉사를 볼 때마다 법정스님이 생각난다.
나는 스님의 말씀보다 언행을 보면서 많은 것을 깨달았다. 미당 서정주 선생님의 입에서 나왔던 말이 시詩가 되었듯 고결한 수행자의 일거수 일투족은 다 진리와 맞닿아 있다는 것을 깨달았다.

필 때와 질 때

꽃이 아름다운 까닭은

필 때와 질 때를 알기 때문이다.

나도 그러한가?

나무에게 배운다

남인도 여행에서 돌아오니 이불재와 도예공방의
난로용 화목이 떨어져 있었다. 내가 사는 면의
금릉리 농부를 모셔왔다. 설 전후로 춥다는
예보가 있으니 화목을 미리 챙겨두어야 했던 것이다.
농부는 이불재 옆 산자락으로 올라가 작년 태풍 때
쓰러진 나무를 끌고 내려와 토막을 냈다. 그리고
도예공방 가마용으로 쓸 소나무 피죽을
난로용으로 잘게 잘랐다.
점심을 함께 하면서 농부에게서 이런저런 얘기를
흥미롭게 들었다. 내가 귀를 기울여 들어주니
농부는 흥을 내서 더 많은 얘기를 했다.
나무가 내는 열량을 '불담'이라고 하는 모양이었다.
농부는 불담이 좋은 나무로
참나무와 홍송을 최고로 쳤고, 그 다음으로
밤나무를 쳤다. 자귀나무는 불담은 약하지만
연기가 나지 않아서 좋다고 했다.
고사목은 위에서부터 썩는 것이 아니라 아래에서부터

썩는다는 사실도 배웠다. 땅에 수분이 있고
빗방울이 위에서 아래로 흘러내리기 때문이다.
죽은 나무는 빨리 껍질을 벗겨주어야
좀이 슬지 않아 오래간다고 한다. 이불재
사립문의 썩은 부분을 보더니 비바람에 강한
노간주나무 가지로 교체해 주겠다고도 말했다.
짐승이든 들풀이든, 산이든 강이든 세상사에
무엇 하나 헛된 것은 없는 것이다.
이렇게 나무들도 제각기 쓰임이 다르니 사람이야
어떠할까. 사회적으로 크게 기여한 분을 일컬어
'거목'이니 '큰 나무'니 하지만 크고 작음만
중요하겠는가. 어떤 몫을 하는 나무인가도
그에 못지않다는 생각이 머릿속에 맴돈다.

종일 비가 내린다

빗소리만 듣고 있으니 무념, 무잡, 순일, 여여해진다.

선방 좌복도 이럴 것이다.

여기에다 뭐라고 붙이려 하는 것은

어리석은 짓이리라.

나를 내려놓는 순간은

나에게 불필요한 것들과 멀어지는 시간이다.

별은 자기 자리에서 빛난다

산중에 은거하면서 깨달은 것이 더러 있다. 밤하늘이
왜 아름다운지도 깨달았다. 내가 알고 있는
별은 태양계에 떠 있는 행성 여남은 개였는데,
산중에 16년째 살면서 밤하늘을 보니
그게 아니었다. 크고 작은, 밝고 희미한 수없이
많은 별들이 밤새 자기 자리에서 묵묵히
빛나고 있다는 것을 보고 아름다움이 무엇인지
그 실체를 깨달았다.
어느 별 하나 자기를 드러내려 하지 않고 그냥
자기 자리에서 빛나고 있을 뿐이었다. 그러다가
자기 생이 끝나면 미련없이 유성流星이 되어
사라져갔다. 낙하하는 그 별빛마저 밤하늘을
의미심장하게 수놓는 것을 보고
나도 내게 주어진 질량이 크건 작건 간에
저 별들처럼 제자리에서 말없이 빛을 만들며 살아야지
하는 자각이 들었던 것이다.
영축총림 통도사 원명 방장스님으로부터 들었던

얘기다. 스님이 경봉스님 회상인 극락암에서
살림하는 원주스님 소임을 보고 있을
때였다고 한다. 참선 정진하여 대자유인이 되려고
출가했는데, 맨날 공부하는 젊은 스님들
뒷바라지나 하고 있는 자신이 어느 날 문득
한심하게 보였다고 한다. 그래서 경봉스님을 찾아가
극락암을 떠나겠다고 하자, 그때 경봉스님이
다음과 같이 자애롭게 말씀했다고 한다.
"니 알고 내 알고 삼세제불이 알면 됐지, 딴 사람이
알아준들 뭐할 것이냐?"
원명 방장스님은 이 말씀을 스승에게 들었던
법문 중에 최고의 법문으로 기억한다고
내게 들려주었다.
나 역시도 감동하여 내 자신의 내면에 흐트러진
발자국을 살펴보았다. 글 쓰는 작업을 천직인 듯
바람이 불어가듯 좋아서 해야 함에도 불구하고
내 잘났다고 드러내려 수작부리지는 않았는지

하고 두리번거렸다. 하늘이 알고 땅이
알았으면 됐지 세상사람들이 알아준들 뭐가
달라질 것인지 새삼 반조해보았던 것이다.
나이도 젊지 않고, 즉 실수해도
용서받았던 면책특권도 사라지고 없으니
눈 뜨고 살아 있는 동안에는 밤하늘이 왜 아름다운지
그 도리를 잊지 말아야 할 것 같다.

시간의 주인공

봄비와 같은 겨울비가 원왕생 원왕생 내리고
있다. 신바람나는 아침이다. 내 글에
영어 섞는 것을 좋아하지 않지만
오늘 아침만은 '굿모닝!'이다.
내 마음은 벌써 입춘立春이다. 이럴 땐 무얼 하지?
그렇다. 서재를 대청소해야겠다. 묵은 먼지를
털어내면서 겨울을 북산 너머로 떠나보내리.
절기상 입춘은 열흘도 더 기다려야 하지만
오늘이 나의 입춘인 셈이다. 시간에 끌려가지 않고
시간의 주인공이 되는 것도 내게 주어진
인생길에 있어서 자유를 누리는
방법이 아닐까 싶다.

휘파람새

새벽에 문을 열고 나가보니 캄캄한 앞산에서
휘파람새가 휘이휘이 하고 인사한다.
철새 중에서 가장 먼저 봄을 알려주는 새다.
입춘이 지나면 어김없이 날아와 반갑게 소리내는
이웃이다.
안사람을 깨워 휘파람새 소리를 함께 듣는다. 잠시 후
나는 서재로, 새벽잠이 많은 안사람은 다시
방으로 들어간다. 화목난로 재 속에 불티가
남아 있어 쉽게 불을 붙인다. 이불재의 첫손님
휘파람새를 기분좋게 접견한 뒤 일요일 하루를
시작하고 있다.

당신은 사람의 어디를 보는가

나는 사람을 처음 만날 때 그의 눈을 보는
습관이 있다. 눈동자만 보는 것이 아니라
단번에 눈썹과 양미간과 눈꺼풀과
눈빛까지 살핀다. 그러고 나면 상대에 대한
신뢰라 할까, 호감이라 할까 무언가의
이미지가 감지된다.
지나치게 눈동자를 굴리거나 눈을 깜박이거나
시선을 피하는 사람하고는 멀어질 확률이 높다.
눈썹이 초승달 같거나 눈빛이 유난히 심도가 있거나
시선이 고요한 사람은 다시
만나보고 싶은 사람이다.
며칠 전에 이불재를 찾아온 대구 분은 상대의 손을
먼저 보는 듯했다. 나와 첫 대면인데
나의 손을 유심히 보더니 갑자기 내 손을 덥석
잡았다. 그때 나는 틀림없이 그의 눈썹과 눈을
보고 있었을 것이다. 그분의 한 마디가 가관이었다.
물론 진심이었을 것으로 믿는다.

"참으로 손이 아름답습니다!"

체격에 비해 눈에 띌 정도로 작고 통통한 내 손이 아름답다니! 기습적으로 당한 일이었기 때문에 '아니오'란 말도 못했다. 재주 있게 보이고 부지런하게 생긴 손이라는 말은 가끔 들어보았지만 '아름답다'라고 극찬을 받은 일은 처음이었다. 지금까지 수십 권의 책원고를 쓰느라고 고생한 내 손이 보상을 받는가 싶어 기분이 나쁘지 않았다.

언젠가 어느 선원의 나이 든 제자 분이 젊은 스승의 손을 우러러 기리는 말이 떠올랐다. 자신의 스승이 손을 뻗쳐 비록 오물을 짚는다 해도 그 오물이 언젠가는 금으로 변한다고 했던 것이다. 오랫동안 지켜본 스승을 한없이 신뢰하는 말로 이해했었는데, 지금 생각해 보니 그분도 역시 사람을 만날 때 손을 먼저 보지 않았나 싶다.

당신은 사람을 처음 만났을 때, 혹은 상대와

대화할 때 무의식적으로 어디를 먼저 보는지
궁금하지 않은가?

사립문을 고치다

내가 좋아하는 농부 김규대 씨를 불러 사립문을
손 봤다. 눈비를 맞아도 잘 썩지 않는
노간주나무를 구해와 가로 걸침 나무로,
대나무를 앞산에서 구해와
세로 걸침 나무로 사용했다.
이렇게 한 번 수리를 하면 3년은 간다. 처음에는
정기적으로 되풀이되는 수리가 번거로워
작은 대문을 만들까 생각했는데
곧 거두어들였다.
이불재를 찾아온 사람들은 대부분 사립문 앞에서
기념사진을 찍는데, 그 광경을 본 나는
방문객들을 위해서라도 사립문을 계속 수리하며
관리할 수밖에 없게 된 것이다. 특히 나이 든
사람들은 어린 시절에 보았던 사립문을
이불재에서 보고 있다며 추억에 잠기곤 했다.
물론 나도 사립문이 사라져가는 옛 서민의 문이기에
혼자서 보존 의지를 불태울 때도 있었다.

사립문을 새롭게 보수하고 나니
대나무의 푸른 빛깔도 좋고 낮은 문의
소박한 모양새가 서민의 예술품 같다는
생각도 든다. 사립문을 드나들 때마다
빨래한 옷을 갈아입은 것처럼 기분이 상쾌해진다.

그러고 보니 정복淨福이란 거창한 데서
생기는 것이 아니라 낮은 사립문,
빨래한 옷, 풀 한 포기, 있는 듯 없는 듯
피어 있는 야생화 속에서 발현되는 것도 같다.

목련꽃부처

누구라도 미소 짓는 순간에는 부처가 된다고 했다.
그렇다면 꽃이야말로 부처다. 꽃을 보면
닫힌 마음이 저절로 열린다. 무장해제
상태가 된다. 무아가 된 나와 꽃은 순식간에
하나가 돼버린다.
이불재 뜰에 핀 목련꽃 향기는 숨는
법이 없다. 자신의 전 존재를 다 드러낸다. 가히
목련꽃부처라 할 만하다.
바람이 센 산중이라서 더디게 피었지만
그 위의는 당당하다. 바야흐로 이불재가
화장세계임을 고하는 제관 같기도 하다.

종교가 이데올로기화 되어 머리를 무겁게 짓누르지
않는다면, 이성을 살아 있게 하는
논리적 체계라면, 그때의 종교란 인간을 좀더
인간적이게 해주는 소금과 같은 것이
아닐까 하고 생각해 본 적이 있다. 일종의
종교 유용론이다.
종교란 삶에 있어서 더하기일까, 빼기일까?
나는 빼기라고 생각하는 사람이다.
무성해졌거나 웃자란 가지를 자르는
전정의 징검다리라고 생각하는 것이다. 빼기가
아니라면, 나를 구속하는 무거운 것이라면
언제라도 벗어버릴 생각으로 사는 사람이
바로 나일지도 모르겠다. 어쩌면 이 질문은
현재의 사고보다는 살아온 환경과 성격, 타고난 특질이
더 작용될 수밖에 없을 것이라는 생각도 든다.
고백하건대 나는 종교를 삶에 있어서 빼기라고
생각하는 사람이다. 나를 나라고

주장하는 것들을 하나하나 시우는 삶이
나만의 종교적인 인생이라고 여기는 것이다.
내 꿈은, 관념에 머물고 말 수도 있겠지만,
무아無我를 이루고 싶은 것이다. 세상과 내가 하나
되는, 구름과 물, 나무 한 그루, 풀 한 포기로
회향되는 것이라고 믿기 때문이다.
그것이 진정한 사랑이고 자비가 아닐까?

할 일 없음이 오히려 할 일이거늘

연재 원고를 마치고 난 날의 오후는 나에게
진공의 시간이다. 문득 경허선사의
'할 일 없음이 오히려 할 일無事猶成事'이라는 선시
구절이 떠오른다. 그렇다. 나의 오후는
할 일 없음이 나의 할 일이다. 얼마나 무애자재한
시간인가? 경허선사의 그 시가
내 마음과 계합하여 일부분만 옮겨본다.

일 없음이 오히려 할 일이거늘
사립문 밀치고 졸다가 보니
새들은 나의 고독함 알아차리고
창 앞 그림자 되어 어른대며 스쳐가네.

극과 극은 통한다. 경허선사는 나의 고독함이라고
외로울 고孤 자를 썼지만
사실은 무애자재한 경지의 행복한
자족감일 것이다.

내 마음이 지금 행복한 자족감으로 충만하다.
먼 데서 반가운 손님은 오지 않나? 마당으로 나가
새소리나 한 번 길게 들어볼까?
어미 꾀꼬리가 새끼 꾀꼬리에게 노래하는 법을
자상하고 엄하게 가르치는 시기가
다가오고 있다.

괴로움의 근원

나의 처소는 북향이다. 상량에도 방향을
밝혔다. '백두산 천지 향해 이불재를 앉히다'라고.
해서 남창南窓이 크다. 집안에 햇빛을 많이 들이기
위해서다.
남창에는 뒤뜰과 산자락이 그림자로 어린다.
산새들이 창에 어린 나무 그림자를 보고
날아들곤 한다. 오늘 아침에는 뒤 툇마루에
딱새 한 마리가 죽어 있다. 창에 어린
나무 그림자를 보고 날아와 머리를 부딪쳐
죽은 것이다.
딱새만 어리석은 것이 아니다. 사람도 마찬가지다.
그림자를 좇을 일이 아니다. 그림자란
명예, 부, 권력, 공명심 같은 것일 터이다.
부질없이 그림자를 좇으며 사는 것은 아닌지
자기 인생을 되돌아봐야 한다. 한때는
행복할지 모르나 괴로움苦의 근원이기 때문이다.

배롱나무꽃

능소화 뒤를 이어 배롱나무꽃이 피고 있다. 이불재 초입에 가로수로 심었는데 해마다 여름이면 어두운 마음에 환히 불을 밝혀주는 꽃이다. 모내기 때부터 초가을까지 1백일 동안 꽃이 핀다 하여 목백일홍이라고도 불린다. 가사문학의 대가 정철의 〈성산별곡〉에 나오는 자미紫微꽃이 바로 배롱나무꽃이다.
꽃은 한자 말대로 자주색의 미세한 꽃잎들이 서로 엉켜붙은 모습이다. 〈성산별곡〉 창작의 배경이 되는 담양을 가보면 실제로 배롱나무가 많고 자미탄이라는 여울도 있다.
예전 사대부 선비들이 집에 반드시 배롱나무를 심었던 까닭은 꽃이 오래 피어 있듯 벼슬살이도 그러기를 바라는 마음에서였다고 한다.
그러나 내가 배롱나무꽃을 심은 까닭은 그와는 전혀 다르다. 나는 처음부터 벼슬이나

명예와는 거리가 아주 먼 사람인 것이다. 이불재를
찾아오는 사람들이 배롱나무꽃을 보고
'아!' 하고 잃어버렸던 시심詩心을 잠시나마
되찾게 된다면, 문단 말석의 작가가
산중에 사는 이유가 이런 데 있었구나 하고
이해해준다면 그뿐이다.

정면돌파 하라

올여름에도 사립문에 능소화가 피고지고 있다.
저잣거리 사람들이 피서를 떠날 때
능소화는 한여름과 정면으로 맞서
꽃을 피우고 있다. 문득 중국의
동산 양개선사가 떠오른다. 선사가 말했다.

"더우면 더위 속으로 들어가고 추우면
추위 속으로 들어가라."

더위를 정면돌파 하고 있는 능소화가 아름답다.
나도 한여름 속으로 들어가 능소화를 하나
피우고 싶다.

야생화

너는 말 없는 말로
나를 초대한다.
마당 한쪽에
너희들이 있었구나.
지금
이 순간만큼은 네가 있음으로
내가 있다.

꿈의 꿈 여행

인생을 꿈이라고 절감할 때가 있다. 그런데
이번에는 그 꿈의 꿈을 며칠 동안 꾸고 왔다.
있는 듯하지만 없고, 없는 듯하지만 있는 것
같은 며칠이었다.
또 다시 그곳을 찾는다 해도 그 순간순간만큼은
다시 재현할 수 없으리라.
운무에 휩싸였던 풍경과
스쳤던 사람들의 깊고 맑은 눈빛도
다시는 볼 수 없으리라.
그런데도 나는 조금도 아쉽지 않다.
다음 생이나 다다음 생에는 그곳에 기어이
집 한 채 지어놓고 벽암천 물 길어다
차 달이며 살 것만 같다.

중국 호남성 제2의 도시 상덕에 있는 건명사는
당나라 때 덕산스님이 주석했던 절이다.
덕산 봉우리에 건명사가 자리하고 있었다.
명선 방장스님은 건명사와 협산사를 오가며
제자들을 가르치고 있었다. 방장스님은 자애롭기
그지없었다. 건명사에서부터 석문에 있는
협산사까지 따라와 순례를 도와주시었다.
건명사에 전해오는 화두는 '덕산이 왜 30번이나
방망이를 휘둘렀는가?'였다.
나는 스님에게 물었다.
"스님은 자비로우셔서 덕산의 방망이를 휘두르지
못할 것 같습니다."
"내 성정이 그렇습니다."
"그래도 방망이를 휘두르는 것이
더 자비로운 일이 아니겠습니까?"
스님은 내 말에 미소만 지었다.
끝도 없는 협산현의 귤밭을 지나니 협산사가

나타났다. 송나라 때 원오스님이 찻물을
길었던 벽암천에서는 지금도 석간수가 솟고 있었다.
그 물로 차를 달여 마시니 심신의 피곤이 사라졌다.
원오스님은 내가 가장 좋아하는 선사 중 한 분이다.
음다 중에 원오스님의 "온몸으로 살고
온몸으로 죽어라生也全機現 死也全機現"라는 말씀이
떠올랐다. 석문의 찻잎이 사슴뿔을 닮았으므로
송나라 황실에 진상할 때는 이름을 '사슴뿔차'라고
불렀다고 한다.
협산사 경내 곳곳에는 차茶가 들어간 단어들이 많아
과연 선다조정禪茶祖庭임을 실감했다.
선다세심禪茶洗心, 선다일여, 선다일미 등등.
명선 방장스님은 차를 권하며 말했다.
"차를 마시는 것도 수행이요, 참선을 하는 것도
수행입니다. 그러니 선다일여,
선다일미인 것입니다."

시가 있는 암자

산중암자에 가면 시인이 되는 것 같다.
감성이 풋풋해지고, 젊은 시절처럼
정신의 날이 선다. 메마른 가슴이
촉촉해지는 것 같아 좋다. 눈에 보이는 것이
다 꽃으로 보인다. 귀로 듣는 것이
다 노래로 들린다.
문득, 시詩란 글자가 언言과 사寺 자의 조합임을
깨닫는다. 절寺에서 하는 말言이 시詩인 것이다.
요즘에는 암자가 나를 부른 것이 아니라
시가 나를 부른 것 같다.

여행

내가 여행 산문을 쓰기 시작한 것은
1996년부터다. 중앙일보에 '암자로 가는 길'을
매주 1년간 연재하면서다. 이후 신문,
주간지, 월간지 등에 자의반 타의반으로 쉬지 않고
집필해 왔는데 마지막으로 기고한 글은
주간동아에 연재했던 부탄 기행이다.
어느 방송의 신년 프로그램 일로 중국 호남성을
다녀왔었다. 물이 고이면 썩듯 생각도 멈추면
이끼가 끼게 마련이다. 여행은
영감을 주고 생각을 살아 있게 하는 것 같다.
장가계 시장과 만찬장에서 주고받은 대화다.
"우리 장가계에서 무엇을 보았습니까?"
"장가계의 풍광을 보고 영감을 얻어 갑니다."
"어떤 영감입니까?"
"자연의 기운, 삶의 동력입니다."
단전에 힘이 배가된 것 같은 느낌이 들어 한 말이었다.
여행은 상상력을 자극하고 감각을 일깨우고

삶 자체를 실감나게 하므로 마치
나의 한 발이 닿을 때 비로소 움직이는
에스컬레이터 같은 것이 아닐까 싶다.
나는 여행을 이렇게 정의하고 싶다.
'여행은 깨달음이다.'

그림자

이 세상에 존재하는 유무정물은 빛과 그림자가 있다.

그림자가 길어지는 가을날이면,

눈부신 빛에 가려졌다가 사라지는 그림자를

바라보고 있는 시간들이 길어진다.

허공이 있으므로 다리를 놓을 수 있는 것처럼

그림자가 없다면

어떻게 빛이 존재할 수 있을까?

어쩌면 빛의 광휘란 조작해낸 허세일지도 모른다.

적벽

이불재에서 1시간 거리에 있는 화순적벽은
조선 10경 중 하나다. 중국에는 두 군데의
적벽이 있다. 하나는 삼국지의 무대 중 하나인
장강에 있고, 또 하나는 소동파가 적벽부를
읊조렸던 항주에 있다.
장강의 적벽을 무武적벽이라 하고, 소동파의 적벽을
문文적벽이라 한다.
화순의 적벽은 기묘사화 때 동복으로 유배 온
신재 최산두가 이름 붙였다. 최산두는
조광조의 개혁에 동참했다가 좌절한
기묘명현 중 한 사람. 그렇다면 화순적벽은
최산두의 한이 서린 한恨적벽이라 불러도
좋지 않을까.
최산두는 적벽의 풍광에 매료되어 해배되어서도
고향인 광양으로 돌아가지 않고
동복에서 생을 마쳤다. 방랑객 김삿갓 역시도
적벽 부근으로 다시 내려와 숨을 거두었다.

다산 정약용도 화순현감을 지낸 아버지를 따라
내려와 적벽이 마주보이는 정자에 들러
〈물염정기勿染亭記〉를 남겼다.
나 또한 글을 밥 삼아 쓰는 작가로서

적벽을 보고 시인묵객의 마음을 헤아리며
몇 줄의 문장이라도 남겨야 하지
않겠는가 싶다.

노란 리본

프란치스코 교종이 우리나라에 다녀갔다.
부부싸움 하는 중에 손님이 왔다가 간
느낌이다. 험한 나라 꼴을
그에게 보이고 만 것 같아 부끄럽기 짝이 없다.
그가 돌아가는 기내에서 했다는 말씀.
'누군가가 중립을 지켜야 하니 노란 리본을 떼라고
요구했다. 그러나 나는 세월호
유족들의 아픔을 외면할 수 없었다.'
압정에 찔린 것처럼 뜨끔하다. 생명 앞에서
중립이 어디 있나? 생명 앞에서 보수,
진보가 어디 있나?
힘든 사람들의 눈물을 닦아주겠다던 그 많은
지식인들은 지금 어디 있나?
손님을 맞이하는 접빈객接賓客의 자격마저 상실한
우리가 돼버렸다.

좁은 툇마루에 앉아
비 갠 먼 산을 응시해본다. 툇마루는 아직도
빗물이 덜 말라 축축하다.
비바람이 거칠게 지나간 뒤끝이라
개울물 소리가 격렬하다.
이럴 때 나는 골짜기를 울리는 개울물 소리에
나의 몸과 마음을 던져 버린다.
선방의 수행자들이 화두 하나에
자신을 맡기듯.

고구마를 캐고 나서

겨울 군구마용으로 심은 고구마를 캤다. 몇 년 전,
100여 평 밭에 심은 것에 비하면
심은 것도 아니다. 서울 친지나 지인들에게
초보 농사꾼의 존재를 과시하듯 보내주는 재미로
심었지만 곧 흥미를 잃고
너무 힘들어 올해는 두 두둑만 심은 것이다.
두 두둑에서 두 상자를 수확했다. 올겨울을 나는데
간식거리로는 충분한 양이다. 그런데
올해 캔 고구마들이 수상하다. 통통하지 않고
모두가 가늘고 길다. 왜 그럴까?
땅심이 좋은 밭인데도 그렇다.
한참만에야 고구마도 살려고 하는 의지가 있는
식물이라는 것을 깨닫는다. 올겨울이
혹독할 것이라고 예감하고
땅속으로 들어가다 보니 가늘고 길어진 것이다.
얼어죽지 않으려고 본능적으로 월동준비를 한 것이다.
나에게는 고구마가 올겨울 날씨를 미리 알려준

기상예보관이다.

무도 그렇다는 얘기를 언젠가 나이 많은 농부에게

들은 적이 있다. 동장군이 기세를 부리는

해에는 땅속으로 들어가 살아남기 위해

길고 가늘어진다는 얘기였다.

눈물겨운 식물들의 겨울나기이자 월동준비다.

나는 지금 이 순간,

매운 추위가 엄습할 내일을 위해 무엇을

준비하고 있는가?

그대와 함께 자문해 보고 싶은 물음이다.

판치생모板齒生毛는 조주선사가 남긴 화두이다.

그 배경은 이렇다. 하루는 젊은 학인學人이 조주선사를

찾아와 물었다.

"달마대사가 서쪽에서 온 뜻은 무엇입니까?"

이에 조주선사가 말했다.

"앞니에 곰팡이가 피었다板齒生毛."

판치는 널빤지처럼 넓은 앞니다. 그런데 문제는

생모生毛가 문제였다. 언젠가 내 글을 읽은

독자 한 분이 나의 해석이 잘못되었고 지적했다.

독자는 선가에서 화두로 전해온 대로

다음과 같이 해석해야 된다는 것이었다.

"앞니에 털이 났다."

생모를 우리 식으로 직역하면 '앞니에 털이 났다'가

맞는 말이다. 그러나 조주선사는

중국 사람이다. 그러니 중국에서는 '생모'가

어떤 뜻인지 알아야 한다.

나는 그 독자에게 댓글 형식으로 답했다.

"'생모生毛'는 《중국어사전》이나 북한판 《조중사전》에

'곰팡이가 피다'로 뜻풀이 되어 있습니다.

중국 사람들은 '곰팡이가 피다'로

사용하고 있다는 얘기지요. 화두의

특성인 초월성에 충실하거나 혹은

우리 식의 직역으로 '앞니에 털이 났다'로 해석해도

무방할 것 같습니다만 저는 언어를 다루는

소설가로서 중국인들이 한 얘기이므로

중국의 언어현실을 먼저 참고하였다는 것을

밝힙니다."

화두가 되는 선문답을 해석한다는 것은

애초에 불가능한 일이지만 조주선사의 위대함은

선문답을 일상의 언어로 끌어내렸다는 데

있다고 나는 생각해왔던바,

'달마대사가 왜 중국에 왔느냐'고 묻자

'철저하게 침묵하여 앞니에 곰팡이가 필 정도로
정진하기 위해서 왔다' 정도로 대답해주지
않았을까 싶은 것이다.
논리를 초월한 선문답이라 하여
엉뚱한 얘기라고 단정해서는 곤란하다는
생각이 든다. 옛 선사들은 상대가 초보자인지
아니면 전문가인지에 따라 대답의 수위를
조절했던 것 같다.
여기서, 조주선사는 공부는 하지 않고 맨날 묻기만
하는 젊은 학인에게 수행자로서 실천과
침묵을 강조하였던 것 같은데,
일찍이 육조 혜능대사도 수행자에게 침묵이
얼마나 값진 것인지 다음과 같이 말한 적이 있다.
"침묵이 부처임을 안다면 입에서 연꽃이 피리라."
우리 같은 보통사람들에게도 해당되는
금쪽 같은 말씀인 것 같다. 말 많은 세상에
침묵의 가치를 알고 실천하는 사람의 입에서는

향기가 난다는 말씀이 아닐까 싶다.
천 년 전이나 지금이나 실천은 적고 말만 많은
사람들이 모여 사는 어수선하고
시끄러운 세상인 듯하다.

나는 이불재에 오기 전에 강연을 더러 다녔다.
근 15년 전인데 당시 월급의 4분의 1 정도를
받았다. 서너 번 하고 나면 왜 한 달을 고생하면서
회사에 다녀야 하는지 월급이 우스워지기도 했다.
그런데 나는 곧 강연을 끊어버렸다. 이곳에서 하는
얘기를 저곳에서 하고 있는 자신을
발견하고는 이래서 사기꾼이 되는가 싶었다.
강연이란 듣는 사람도 유익하고
말하는 사람도 유익해야 하는데, 말하는 내 자신이
우스운 꼴이 돼 있었던 것이다.
이불재에 내려온 뒤 겸임교수 자리가 났을 때도
나는 거절했다. 1주일에 전공과목을
4시간씩 이틀을 강의해야 하는 자리였다.
나는 같은 말을 반복할 것 같은 두려움이 들어서
나를 배려한 대학 은사님께 내 사정을
얘기하고는 서울에 가지 않았다.
어쩌다 TV를 보면 전문가들이 나와서 현실을

진단하고 처방하는 말을 듣는다. 그들의 말을
듣고 있자면 세상은 곧 낙원이 될 것 같다.
그러나 세상은 여전히 절망적이고 소란스러울 뿐이다.
나는 그들이 말보다 행동으로 자신이 말한
내용을 보여준다면 훨씬 더 감동을 줄 것이라고
생각하는 사람이다. 작가도 마찬가지다.
현학적인 천 마디 만 마디보다 좋은 글로
독자를 만나야 한다.
오죽하면 선가에 불립문자라고 하여
말을 경시했을까? 불립문자란 말을 버리라는 뜻이
아니다. 말의 무용론을 얘기하는 것이 아니다.
입이 있는 사람이 어떻게 말을 버리고 살 수
있겠는가. 앵무새나 약장사가 되지 말라는
불벼락 같은 경책의 경구이다.

나이 탓인지 가을을 타는지 가을이 깊어가면
만날 수 없는 이들을 많이 그리워한다.
동화작가 정채봉 형님, 시인 김강태 형 등등
먼저 간 선배들을 떠올리며 미안해 하기도 하고
고마워하기도 하고 추억의 달달한 맛을
즐기기도 한다.
그러나 이른 새벽에 맑은 정신으로 생각해 보니
그것도 집착이 되면 나를 녹슬게 할 것이라는
자각이 든다. 나의 어떤 부분을 이루어지게 한
징검다리 같은 분들이지만, 내 앞에는 결코
가볍지 않은 현재가 있고 녹록지 않은 내일이
다가와 있는 것이다. 느슨해진 마음을
다잡지 않을 수 없다.
뒤를 돌아보며 쟁기질할 수 없다는 금언이 있다.
추수한 논에서는 자운영이 자란다.
봄쯤에는 논이 잔디밭처럼 온통 파래진다.
자운영을 잡초로 생각하면 큰 오해다. 농부가

쟁기로 뒤엎으면 자운영은 땅을 기름지게 하는
천연의 녹색 거름이 된다.
내 그리움도 자운영 같은 것이 아닌가 싶다.
내 감성을 풍부하게 하는
감성의 에너지 말이다. 그러나 그리움이 지나칠 때는
자신을 퇴행케 하는 녹이 된다는 사실도
잊지 말아야 할 것 같다.

내가 좋아하는 사람

나에게도 사람을 대하는 데 좋고 싫은
호오 감정이 있다. 글에서는 늘 시비와 분별을
떠나라고 얘기하면서도 정작 내게
그런 감정이 아직 씻겨지지 않고 있다니 놀랍다.
이건 내 의지와 상관없는 근원을 알 수 없는 습이다.
내가 좋아하는 사람은 외로운 사람이다.
낙엽도 바람에 굴러가는 낙엽이 더 좋다.
외로운 사람을 보면 공연히 걱정이 된다. 비에
젖은 채 떨고 있는 낙엽을 보면 측은지심이 생긴다.
글은 단문을 좋아하고 담백한 문장을 좋아한다.
밥상도 현란하지 않고
맛이 있든 없든 서너 가지만 오른 소반이 좋다.
상다리가 휘어질 만큼 반찬이 오른 밥상은
잡식성 동물의 사료처럼 보여 짐승스럽다.
사람도 글과 마찬가지로 말수가 적은 사람을
좋아한다. 말수가 적은 사람을 좋아하는 이유는
내 얼굴이 비쳐지기 때문이다. 가을의

맑은 들물 같은 사람이 그렇다. 재주는 다음이다.
재주는 떨어지더라도 진중한 사람이 좋다.
내 꿈이 있다면, 글을 쓰기 힘든 나이가 되면
사람들의 얘기를 들어주는 노인이 되고
싶다. 세상사람들이 내 산방을 찾아와 얘기를
하면 그걸 다 들어주면서 차를 따라주는
그런 사람이 되어서 사는 것이 내 꿈이다.

'시비를 초월하라'라는 말을 많이 들어왔다. 고승들의 법문에 많이 등장하는 법어이다.
나는 이 말을 '시비에 집착하지 말라'라고 이해하고 있다. 시비를 가리겠다고 집착하는 것은 그것이 옳고 그르건 간에 한쪽에 치우쳐 있다는 말이기 때문이다.
초월은 시와 비를 떠나버리는 것이 아니라 시와 비를 공시적 관점에서 통찰한다는 의미일 것이다. 통찰은 한쪽에 치우치지 않고 공평하게 보는 것이기 때문이다.
통찰이 단속적이지 않고 계속 지속되는 상황을 깨달음이라고 하지 않나 싶다.

복수초꽃

올해 마당에서 가장 먼저 눈에 띈 복수초꽃.

눈 사이에 핀 꽃이라 하여

농부들이 눈새기꽃, 설연화라고 부른다.

자기 뿌리에서 힘껏 발열하여

꽃을 피운다고 하니

가볍게 보이지 않는다.

자연에는 요행수라는 게 없다.

입춘을 노래하다

겨울비가 춘래불사춘春來不似春을 웅얼거리며
내리고 있다. 마당가 연못에서 개구리들이 목청껏
소리치고 있다. 작년에는 매화꽃이 피고 나서
개구리가 나왔는데
올해는 순서가 뒤바뀌었다.
혹독한 한파의 후유증 탓인지
매화꽃 소식이 늦어지고 있다.
개구리들의 반칙이라고나 할까.
개구리들의 소리는 청아하기 그지없다.
간밤 내내 꿈결에서 밀물인 듯 썰물인 듯
들었지만 질리지 않는다. 겨울잠을 자면서 꾹꾹 참았다가
터뜨리는 소리인지 절절하게도 들린다.
우리들의 말이 소음이 되지 않으려면
어떻게 말해야 하는지를 개구리들이 알려주고 있다.
보름 정도 지나면 내 산방 둘레의 산자락에
휘파람새가 찾아와 후이후이 하고 울 것이다.
나는 산중에 살면서 계절의 변화를

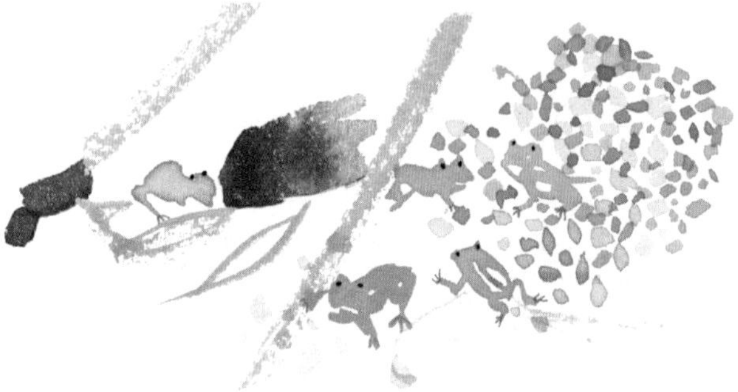

넘겨지는 달력을 보고 자각하는 것이 아니라
휘파람새 같은 철새나 개구리, 매화꽃 등으로
감지하고 있다. 개구리의 첫 소리와
매화나무의 개화는 아직 이른봄이고,

휘파람새가 새벽 무렵에 나타나 후이후이 하고
내 잠을 깨워야만 나에게는 비로소 봄인 것이다.
나에게 봄다운 봄을 알리는 전령은 휘파람새다.

더불어 사는 이치

산중의 봄은 바쁘다. 밭을 일구고 씨앗을 뿌린다.
산중 농부들은 이때를 '아궁이에 있어야 할
부지깽이도 일손을 거든다'라고 말한다.
아주 어린 시절 돌 밑에서 나오는 싹을 보고
글을 지은 적이 있다. 무거운 돌을 불쑥
들추고 나오는 새싹의 힘이 대단하게
느껴졌던 것이다. 지금도 씨앗이 싹틔우는 과정을
보면 여전히 생명의 위대함을 느낀다.
그런데 산중에 십수 년째 살면서
씨앗만이 위대하지 않다는 것을 깨닫는다.
어찌 보면 씨앗처럼 미약한 존재가 없다. 햇볕과
바람과 비와 사람의 수고가 없으면
발아되지 않는 것이 씨앗이기 때문이다.
서로의 의존이 없으면 공생공존의 생명을
유지할 수 없는 것이다.
새삼 나 잘남을 내려놓는
연기緣起를 절감한다.

새벽의 김룡사 오솔길을 걸으며 젖은 가랑잎이
발길에 밟힐까봐 손으로 주워
돌탑에 올려주고 지나쳤던 기억이 새롭다. 그날
보았던 나비도 마찬가지였다. 늦가을 찬 냉기에
날개를 떨며 숲을 못 찾고 이리저리
날고 있었던 것이다.
그런데 그 미물들은 우리에게 삶의 고통과 번뇌가
힘이 된다는 것을 깨닫게 해준다.
가랑잎은 지난여름의 무성한 꿈을 버린 채
낮은 땅에서 묵언 중이었고,
노랑나비는 나름대로 살기 위해
몸부림치고 있었다. 젖은 가랑잎은 봄이
온다는 것을 믿듯 바람결에 다시 어디론가 내려앉았고,
노랑나비 한 마리가 법당으로 날아들어
노란 부처의 이마에 앉아 쉬고 있었던 것이다!
그때, 허물 벗는 가을산은 이렇게 일갈하였다.
'그대여, 깊이깊이 아파하라. 헛꿈에서 깨어나리니.'

그렇다. 우리는 진실로 무엇에 혹독하게
아파해 보지 않고 헛꿈에 취해 살고 있다. 그러니
지금의 시간이야말로 헛꿈을 버리고
새롭게 출발하는 작은 깨달음이 있어야 하는
것이다. 나는 이러한 작은 깨달음도
자신을 헛꿈의 구속으로부터 자유롭게 하는
해탈이라고 생각한다.

말과 화근

어린 시절 지하수를 퍼올리던 마당가 펌프가
생각난다. 그 시절엔 '뽐뿌'라 불렀는데,
여기에 마중물 한 바가지 붓고 손잡이를 오르내리면
시원한 물이 콸콸 뿜어져 나왔다.
'뽐뿌'는 사용할수록 지하수의 양이
많아지는 것 같았고 물을 길어가는 동네사람이
줄어들면 그만큼 물이 밭아졌다. 그래서
나는 지금까지도 가끔 라마르크의 용불용설을
기억하고 있다.
그러고 보니 말이나 글도 마찬가지다.
말을 많이 하면 할수록 많아지고, 하지 않으면
그만큼 줄어든다. 많다고 좋은 것은 아니다.
때로는 화를 부르고 천해진다.
과유불급이니 경계할 일이다.
물론 모든 사람들이 수도자로 살 수는 없지만
남에게 상처를 입하는 언행만큼은
가릴 줄 알아야 하지 않을까.

나 아 닌 나

산중에서 살다 보니 도회지에서 속도에 휘둘리며
잃어버렸던 '나 안의 나'가 보였다.
나를 중심에 놓고 생각하는 소유지향적인 삶을
반성하게 되었다. 밭농사를 지으면서
내가 이 세상의 유무정물과 한몸으로
존재한다는 사실을 깨달았다. 이름 없는
작은 별들이 제자리에서 반짝이고 있으므로
캄캄한 밤하늘이 아름답다는 것도 발견했다.
여린 찻잎 하나에도
바람과 햇볕과 비와 흙과 사람의 수고가
스며 있음을 체험할 수 있었다.

새 물결

나는 시대정신이 있다고 믿는 사람이다. 그것을
물결로 환치해서 생각할 때가 많다. 강을 보라. 물결에는
묵은 물결과 새 물결이 있다. 묵은 물결은 새 물결에
의해 자정되기도 하고, 자기 의지와 상관없이 자리를
비워주고 밀려간다. 자연의 섭리이기 때문에 그 무엇도
그 불가항력의 힘을 막지는 못한다.
그런데 역사의 아이러니는 영원한 새 물결은
없다는 것이다. 곧 묵은 물결이 되어
또 다른 새 물결에 의해 떠밀려 가게 되어 있다.
조선의 건국은 정도전 같은 새 물결이 이뤄냈다.
그러나 정도전 류의 새 물결은 성종에 이르러
김종직 류에 의해 묵은 물결이 된다.
연산주는 김종직 류에 철퇴를 가한 듯했으나
중종에 이르러 김종직 류는 조광조에 의해 부활한다.
이렇듯 물결은 잠시 소용돌이치기는 하지만
본질적으로 역류하는 법은 없다.